Ulrich Kiebler

Aus Berg und Tal

Charakterbilder aus dem schweizer Bauernleben

Ulrich   Kiebler

Aus Berg und Tal
Charakterbilder aus dem schweizer Bauernleben

ISBN/EAN: 9783337359560

Hergestellt in Europa, USA, Kanada, Australien, Japan

Cover: Foto ©Andreas Hilbeck / pixelio.de

Weitere Bücher finden Sie auf **www.hansebooks.com**

Aus Berg und Tal

Charakterbilder aus dem schweizer. Bauernleben

Von Ulrich Kiebler, Gärtner
und Lehrer der landw. Schule
Plantahof (Graubünden)

Druck und Verlag von Manatschal Ebner & Cie. in Chur

Inhaltsverzeichnis.

Vorwort.

Unter Bauern bin ich aufgewachsen und habe einen Beruf ergriffen, der mich, wenn auch nicht ausschließlich, so doch vorwiegend mit der landwirtschafttreibenden Bevölkerung in Berührung brachte.

So konnte es nicht ausbleiben, daß ich schon früh Anteil nehmen lernte an den Freuden und Leiden unserer Bauernschaft. Meine Tätigkeit als Wanderlehrer gab mir aber erst ausgiebige Gelegenheit, unsere landwirtschaftlichen Verhältnisse in den höchsten Gebirgstälern wie im Flachlande kennen zu lernen, und die Sitten und den Volkscharakter auf dem Lande eingehender zu studieren.

Wenn ich aus meinen Beobachtungen in den einzelnen Kapiteln dieses Büchleins einiges mitteile, so hat mich dabei der Gedanke geleitet, daß neben den vielen Leitfäden und Lehrbüchern über die verschiedenen Landwirtschaftszweige auch einige Beispiele aus unserem Volksleben von Nutzen sein könnten. Die heutige Zeit stellt eben nicht nur große Anforderungen an die fachliche Tüchtigkeit eines Landwirts, sondern macht auch die weitestgehenden Ansprüche an den Charakter und die moralischen Eigenschaften eines solchen.

Weil ich kein Schriftsteller von Beruf bin, so erhebt mein Werkchen auch nicht Anspruch, als eine hervorragende

Leistung taxiert zu werden. Meine Arbeit geht hervor aus warmem Herzen für unsere Landwirtschaft. Das Sprichwort sagt: Was von Herzen kommt, das geht zum Herzen. In der Hoffnung nun, daß sich dieser Satz bei dem vorliegenden Büchlein erfülle, lasse ich es seine Wanderung antreten durch die Ebenen und Täler unseres Schweizerlandes.

Plantahof, im Herbst 1903.

Der Verfasser.

Die Geschichte eines Bauernknechtes.

Meine Ferien gingen zu Ende, sie waren mir dieses Mal besonders genußreich verlaufen. Bei dem denkbar günstigsten Wetter hatte ich seit einigen Wochen das Graubündner Oberland nach allen Richtungen durchstreift und dabei bald da bald dort mein Lager aufgeschlagen. Ich hatte mir vorgenommen, fernab von dem Getriebe großer Fremdenzentren irgendwo ein Stück Naturschönheit zu genießen und dabei Land und Leute eines mir bis jetzt ziemlich unbekannten Teils unserer an Abwechslungen so reichen Schweiz kennen zu lernen. Alles das hätte ich wohl nirgends besser erreichen können, als hier im Bündner Oberland mit seinen romantischen Tälern und Schluchten, seiner großartigen Gebirgswelt, seinen malerischen Dörfern und Höfen, bewohnt von einer ausgesprochen landwirtschafttreibenden Bevölkerung. Hier war ich so recht unter Bauern; denn Bauer ist da auch der Pfarrer, der Lehrer, überhaupt jedermann, und es ist nicht besonders notwendig, eine Unterhaltung oder ein Gespräch durch eine absichtliche Wendung auf landwirtschaftliches Gebiet hinüberzuleiten, das ergibt sich hier ganz von selbst.

Es herrschen hier zum Teil ganz eigenartige Zustände im Bauernwesen, so eigenartig, wie das Land selbst ist und auch die Leute, die es bewohnen. Eine allgemeine Schilderung des Bündner Oberlandes und der Art und Weise, wie da Landwirtschaft getrieben wird, wäre daher gewiß sehr interessant, doch davon vielleicht ein andermal; heute möchte ich vielmehr von einer Persönlichkeit etwas erzählen, deren Bekanntschaft ich ganz zufällig hier gemacht habe.

Es war, wie gesagt, am Ende meiner Ferienzeit; ich kletterte schon einige Tage in den Bergen der Tödikette herum. Es war mir darum zu tun, erstens mein Herbarium etwas zu bereichern, zweitens aber auch verschiedenen Alpen einen Besuch abzustatten, um deren Bewirtschaftung kennen zu lernen. War mir das Wetter bis jetzt äußerst günstig gewesen, so drohte es nun eine Wendung zum Schlimmern zu nehmen. Es zeigten sich am Himmel verdächtige Wolkengebilde und die Aelpler prophezeiten aus den verschiedensten Anzeichen, daß etwas besonderes in der Luft liege und zum mindesten ein Gewitter, wo nicht gar ein längerer Landregen im Anzuge sei. Doch bei mir hieß es: »Bange machen gilt nicht«, ich pochte auf mein gutes Glück und setzte ruhig meine Bergwanderungen fort. Zunächst schien es, als sollte ich Recht behalten, doch auf einmal war es da – es war am Spätnachmittage desjenigen Tages, von dem ich erzählen will – ich wollte noch eine Klubhütte erreichen, in welcher ich schon mehrere Nächte zugebracht hatte, um dann am Morgen einen jener Uebergänge zu benützen, die vom Kanton Graubünden hinüberführen ins Glarnerland.

Zuerst begannen sich im Norden einige dunkle Wolken zu ballen, der Calanda bedeckte sein felsiges Haupt mit einer Nebelkappe und graue Dünste stiegen aus den Schluchten des Rheintals empor. Es war ein seltsames Schauspiel, wie die verschiedenen Wölkchen und Wolken sich sammelten und verdichteten, bis sie einen einzigen bleifarbenen Vorhang bildeten, der die ganze unvergleichlich schöne Landschaft, die ich noch vor kurzem bewunderte, meinen Blicken entzog. Schon mehrere Male hatte ich Gelegenheit gehabt, Gewitter im Gebirge zu beobachten und mit Bewunderung dem Toben der entfesselten Natur zugesehen. Heute aber sah ich es mit einem gewissen Bangen heranziehen, denn ich hatte ungefähr noch eine Stunde bis zur Hütte zu gehen.

Das Terrain, das ich zu begehen hatte, war nicht besonders steil und erlaubte ein tüchtiges Ausgreifen, so daß ich anfangs hoffte, mein heutiges Ziel noch vor Ausbruch des Gewitters zu erreichen. Indessen schwand diese Hoffnung allmählich; denn die drohende Wolkenwand verdunkelte sich mehr und mehr, grelle Blitze zuckten immer häufiger über den stets sich verengernden Horizont, das Auge fast blendend und für Momente alles in gelben Feuerschein aufflammen lassend; das Rollen des Donners wurde bei jedem Schlage lauter und unheimlicher. Da setzte auf einmal mit einem unvermittelten heftigen Stoße auch der Wind ein und bald fielen die ersten Tropfen, vermischt mit kleinen Hagelkörnern, dichte Nebel jagten an mir vorüber, und bald war ich unfähig, auch nur fünf Schritte weit zu sehen. Zu all' dem kam noch, daß ich bald an der größern Steigung des Geländes wahrnehmen mußte, daß ich mich verirrt hatte, so daß ich gar nicht mehr wußte, wo ich mich befand. Dicht in meinen Lodenmantel gehüllt, trachtete ich jedoch immer vorwärts zu kommen, hoffend, irgendwo unter einem Felsen Schutz zu finden, bis das Gewitter sich verzogen habe. Als ich mich so ein gutes Stück aufwärts gearbeitet hatte, vernahm ich auf einmal Hundegebell; bald blitzte auch ein Feuerschein durch den Nebel, ein kräftiges »Hallo!« drang an mein Ohr, das ich freudig erwiderte, und bald saß ich wohlgeborgen am wärmenden Feuer in einer kleinen Schäferhütte, auf die ich ganz zufällig gestoßen war.

Der Schäfer, ein schon älterer, aber noch sehr rüstiger Mann mit grauem Bart und freundlichen, gewinnenden Gesichtszügen, tat alles mögliche, um es mir unter seinem einfachen Dache so bequem als möglich zu machen. Die durchgemachten Strapazen hatten mich hungrig gemacht, und die vorgesetzte Milch, samt Brot und Käse schmeckten mir so gut, als manchem verwöhnten Gaumen das feinste Essen an der Hoteltafel.

Unterdessen war wohl mehr als eine Stunde verflossen, der Regen hatte aufgehört und der Himmel begann sich wieder zu blauen, so daß ich daran dachte, meinen Weg fortzusetzen. Das aber ließ der alte Schäfer nicht zu. Er bedeutete mir, daß ich so weit von meiner Route abgekommen sei, daß ich vor Nacht kaum mehr die Klubhütte erreichen könne; außerdem sei es von seiner Hütte aus auch nicht weiter bis auf die Paßhöhe, als von dem Schirmhaus, und den Weg wolle er mir schon zeigen. Für ein Nachtlager sei schon gesorgt, es sei nicht das erste Mal, daß er Gäste habe. Weil ich auch ziemlich müde war, so ließ ich mich gerne überreden und blieb. Wir zündeten unsere Pfeifen an und setzten uns vor die Hütte, von diesem und jenem plaudernd.

Als der Alte hörte, daß die Landwirtschaft mein Fach sei, zeigte er sich sehr erfreut, und ich mußte ihm erzählen, was draußen im Lande vorgehe, wie die Ernteaussichten im allgemeinen seien u. s. w. Mit Staunen mußte ich im Laufe des Gespräches wahrnehmen, wie sehr der einfache Schafhirte auf allen Gebieten der Landwirtschaft zu Hause sei und gab meiner Verwunderung auch unverhohlen durch die Frage Ausdruck, wie es denn komme, daß er, der kenntnißreiche Bauer, auf einsamer Alp die Schafe hüte? Lächelnd gab er mir zur Antwort, daß es für einen Hirten auch Kenntnisse brauche, und wenn er sein jetziges Amt auch als eine Art Ruheposten betrachte, so sei er sich doch jeden Augenblick bewußt, daß er Pflichten zu erfüllen habe und verantwortlich sei für das Gedeihen seiner ihm anvertrauten Herde, er sei mehr als fünfzig Jahre Bauernknecht gewesen und habe ein an Erfahrungen reiches Leben hinter sich. Ich bat ihn, mir von seinen Erlebnissen mitzuteilen. Er zeigte sich auch bereit dazu, falls er mich nicht zu sehr langweile, wie er meinte, und als er seine Pfeife frisch gefüllt hatte, hub er zu erzählen an:

»Ich bin in dem Dorfe N. – von dem Sie von hier aus gerade noch den Kirchturm und einige Häuser sehen können – als der Sohn armer Eltern geboren. Mein Vater war Wegmacher und daneben taglöhnerte er da und dort bei den Bauern. So hatte er im Sommer, nach den damaligen Verhältnissen, einen leidlichen Verdienst, desto geringer aber war er im Winter und oft blieb er tagelang ganz aus. Der Ertrag aus dem Gemeindegut verschaffte uns wenigstens Kartoffeln, und dank dem unbeschränkten allgemeinen Weidgang konnten wir zwei Ziegen halten, welche uns einen großen Teil des Jahres mit Milch versahen. Ich hatte aber noch drei Geschwister – zwei Schwestern und einen Bruder – somit waren da sechs Mäuler zu stopfen. Die Kleider, so einfach sie auch waren, kosteten ebenfalls Geld. Also war auch die Mutter noch aufs Verdienen angewiesen, und oft war sie auch, wie der Vater, den ganzen Tag abwesend. Mir, als dem ältesten, war dann das ganze

Hauswesen und namentlich die Obhut über die jüngern Geschwister anvertraut. So mußte ich denn schon als kleiner Knirps auf eigenen Füßen stehen, und ich glaube, daß das für mich nützlich war.

Als ich dann das zwölfte Altersjahr erreicht hatte, fand mein Vater, daß meine zehnjährige Schwester jetzt alt und anstellig genug sei, um die Stelle als Hausmütterchen zu übernehmen, für mich aber sei es an der Zeit, in die Reihe der Verdienenden einzutreten.

Mein Ideal wäre es nun gewesen, Gaishirt zu werden; denn die Berge und die grünen Alpen zogen mich mächtig an. So jeden Tag mit der Herde ausziehen zu dürfen und frei mich herumtummeln zu können, das wäre für mich das damalige Endziel meiner Wünsche gewesen. Aber erstens war ich dazu noch zu jung und zweitens brauchte man eben nur einen Ziegenhirten; der Bewerber waren aber viele. Es mußte also eine andere Verdienstquelle für mich gefunden werden, und ich konnte mich schon als kleiner Knabe darin üben, meinen eigenen Wünschen zu entsagen.

Zu jener Zeit war noch die Schwabengängerei stark im Schwunge, und jedes Frühjahr zogen ganze Karawanen von noch schulpflichtigen Knaben hinaus ins Württembergische und ins Baierische, um sich für den Sommer auf die dortigen Bauernhöfe zu verdingen und durch Viehhüten und andere leichte Arbeiten, wenn auch nicht gerade viel Geld, so doch Unterhalt und Kleider zu verdienen.

Oft hatte ich von den größeren Knaben, die schon einen oder mehrere Sommer im Schwabenlande gewesen waren, erzählen gehört, wie schön es dort sei, wie man gar nicht so streng zu arbeiten brauche und was für gute Sachen man zu essen bekomme etc. Diese kleinen Auswanderer machten es eben damals schon, wie es heute die großen auch noch machen: sie erzählten nur das Gute, das sie im fremden Lande erlebt, aber von dem Trüben, das sie durchzumachen hatten, und das sie die Fremde oft schwer ertragen ließ, sagten sie kein Sterbenswörtchen. So ist es denn sehr leicht begreiflich, daß ich mich für die Schwabengängerei begeisterte, als ich sah, daß ich einstweilen darauf verzichten mußte, Ziegenhirt zu werden. Ich bat deshalb meine Eltern, mich im Frühjahr ebenfalls mit den andern Knaben ziehen zu lassen, und nach langem Erwägen und Hinundherraten mit den Nachbarn erhielt ich auch die Einwilligung dazu.

Als der Tag der Abreise gekommen war, da überkam mich ein sonderbar banges Gefühl. Während ich vorher kaum diesen Tag glaubte erwarten zu können, fiel es mir nun auf einmal sehr schwer, meine Eltern und Geschwister, meine Heimat und alles, was mit ihr verflochten war, zu verlassen und hinauszuziehen in ein fremdes Land, unter fremde Menschen, einem ungewissen Geschick entgegen, das je nach den Umständen ebensowohl ein herbes, als ein freundliches sein konnte. Hätte nur jemand versucht, mich zum Dableiben zu bestimmen, wie gerne hätte ich gefolgt! Aber niemand sprach dieses Wörtchen und ich wollte mich tapfer zeigen und niemanden es merken lassen, wie es in meinem Innern aussah. Keine Träne wollte ich vergießen; denn alles sollte glauben, daß es mir nicht an dem nötigen Mute fehle, um in die Fremde zu gehen; doch als die Mutter mich schluchzend zum Abschied in die Arme schloß und mir das Versprechen abnahm, unter allen Umständen brav, treu und ehrlich zu bleiben, da rannen auch mir dicke Tropfen über die Wangen herunter. Mit halberstickter Stimme versprach ich den Eltern, auch in der Fremde an sie denken zu wollen und mich so aufzuführen, daß ich in Ehren im Herbst wieder zurückkehren könne. Dann riß ich mich los und eilte, ohne mich umzusehen, den andern nach, die schon ein Stück voraus waren.

Wir waren eine Truppe von sechzehn Knaben im Alter von zwölf bis fünfzehn Jahren, unter Führung eines alten Mannes, der schon viele Sommer hintereinander draußen am gleichen Platze arbeitete, im Frühjahr immer eine Anzahl Knaben mitnahm und sie im Herbste auch wieder zurückbrachte.

Die Reise wurde natürlich vollständig zu Fuß ausgeführt und ging über Chur und die Luzisteig hinein ins Liechtensteinische, dann durchs Vorarlberg hinunter nach Bregenz und Lindau und von dort nach Ravensburg. In letztgenannter Stadt mußten wir an einem bestimmten Tage eintreffen, an welchem, wie das zu jener Zeit alle Jahre üblich war, der sogenannte Gesindemarkt abgehalten wurde. Auf diesen Märkten boten sich Dienstboten jeglicher Art den Bauern zum Verding an, und es ging da oft an ein Feilschen, an ein Herausstreichen und Heruntermachen, ärger als an unsern heutigen Viehmärkten.

Unser Führer hatte uns schon unterwegs instruiert, wie wir uns auf diesem Markte zu benehmen hätten, um einen guten Platz zu bekommen, und weil namentlich wir Neulinge uns noch nicht für unser Interesse zu wehren imstande waren, so versprach er, so gut als möglich für uns einzustehen. Wir machten auch aus, an welchem Ort und an welchem Tage wir uns im Herbste wieder treffen sollten zum Zwecke der gemeinschaftlichen Heimreise. Der gute Alte, dem an unserem Wohlergehen viel gelegen war, und der sich in väterlicher Weise um uns annahm, nannte uns dann noch seinen Aufenthaltsort während des Sommers, damit sich ein jeder an ihn wenden könne, wenn er eines Beistandes bedürfe. So betraten wir denn ohne Furcht den Markt und harrten der Dinge, die da kommen sollten.

Wir kamen etwas spät auf dem Marktplatze an, und die Geschäfte waren schon im Gange. Es schien aber, daß viele

14

Bauern auf das Erscheinen unseres Führers gewartet hatten; denn wir waren bald umringt, und viele schüttelten dem Alten als einem guten Bekannten die Hände, ihn fragend, wie es ihm gehe und was er gutes mitbringe. In kaum einer Stunde waren denn auch schon 14 von uns versorgt und nur noch ich und ein anderer blieben zurück, weil wir anscheinend die schwächsten waren. Ich speziell war etwas hoch aufgeschossen und dabei schmächtig und bleich, niemand erkannte in mir den zähen Burschen, der ich in Wirklichkeit war. Es begann mir schon der Mut zu sinken, und ich glaubte, daß mich niemand annehmen wolle, doch der Alte machte uns darauf aufmerksam, daß viele, die er kenne, noch gar nicht erschienen seien und also noch lange keine Veranlassung dazu da sei, zu glauben, wir bekommen keinen Platz; er wolle einmal ein wenig Umschau halten und wir sollen nur ruhig warten, bis er wieder komme. Bald kehrte er auch in Begleitung eines uns freundlich anblickenden Mannes zurück, der nach kurzer Unterhandlung geneigt war, uns anzunehmen. So hatten also auch wir einen Meister, oder wie man das draußen kurzweg nennt, einen »Bauer«, gefunden. Wir dankten unserem Führer und verabschiedeten uns von ihm, dann folgten wir unserem Bauern ins Wirtshaus, wo er sein Gefährt eingestellt hatte. Dort erhielten wir zunächst etwas zu essen, was wir auch wirklich nötig hatten; denn wir waren unterdessen hungrig geworden. Nachher wurde eingespannt und wir fuhren dem zwei Stunden von Ravensburg entfernten Schachenhof zu, wie das Besitztum unseres Bauern hieß.

Als wir gegen Abend dort anlangten, empfing uns die Bäuerin, die uns eine Kammer anwies, unsere Habseligkeiten durchmusterte und alles in einen kleinen Kasten einräumte, den sie uns zur Verfügung gestellt hatte zum gemeinsamen Gebrauch.

Eine Beschreibung des prächtigen Hofgutes, welches nun unsern Aufenthaltsort und unser Tätigkeitsfeld ausmachte, will ich unterlassen. Die großen Bauernhöfe in jener Gegend gleichen sich, was die Art der Bewirtschaftung anbelangt, ja wie ein Ei dem andern. Die Hauptsache war zu jener Zeit immer der Getreidebau; auch Hopfen wurde schon angebaut, wenn auch noch lange nicht in dem Umfange wie heute. Daneben spielte auch die Viehzucht eine Rolle, und auf jedem Hof war eine mehr oder weniger zahlreiche Gänseherde vorhanden. Der Unterschied war aber vorhanden, daß das eine Gut sich vor dem andern durch rationelleren Betrieb hervortat; der eine Besitzer wirtschaftete gut, der andere schlecht. Das war damals schon so, wie es auch heute noch ist. Der Schachenhof nun war eine Musterwirtschaft in jeder Beziehung und wir hatten es also sehr gut getroffen. Wir mußten ja alle Arbeit erst lernen und waren also gewissermaßen nichts anderes als Lehrjungen, und lernen kann man, wie bekannt, da am meisten, wo jede Verrichtung, wenn sie an und für sich auch noch so gering ist, mustergiltig ausgeführt wird. Wir mußten nun aber nicht nur die Arbeit lernen, sondern auch die Sprache; denn die paar Brocken Deutsch, welche wir verstanden, reichten nicht weit. Da brauchte es Geduld von seite unserer Dienstherrschaft und großen Fleiß unsererseits, um sich möglichst schnell in alles hineinzufinden. Weil alles mit uns freundlich war und niemand mehr von uns verlangte, als wir wirklich leisten konnten, so verrichteten auch wir unsere Arbeiten mit Lust und Liebe und setzten alles daran, die Zufriedenheit der Meistersleute und der Nebendienstboten zu erwerben. Es gelang uns dies auch, und wir sahen alle Tage besser ein, daß es ein Glück für uns gewesen sei, gerade hier einen Platz gefunden zu haben.

Meinem Kameraden war die Stelle eines Gänsehirten zugefallen, er hatte sich den ganzen Sommer fast ausschließlich mit diesem Federvieh abzugeben. Das war keine schwere Arbeit, und das Gänsehüten bietet einem Knaben Gelegenheit, dabei faul und gedankenlos zu werden. Der Schachenbauer aber wußte es einzurichten, daß eine gewisse Verantwortlichkeit mit dem Hirtenstand verbunden war. Der Stall mußte immer sauber sein, er mußte pünktlich geschlossen werden, die Futterrationen waren genau einzuhalten, er belehrte den Hirten über den Wert der Tiere, so daß die Arbeiten nicht nur mechanisch verrichtet wurden, sondern man dabei auch unwillkürlich an etwas denken mußte, was den Zweck der Arbeit betraf. Mein Genosse entwickelte einen wahren Eifer, um seinen Pflichten so gut als möglich nachzukommen. Die Bäuerin – zu deren Departement eigentlich die Gänse, sowie sämtliches Geflügel gehörte – belohnte denn auch seinen Fleiß mit manchem Geschenk.

Etwas schwierigerer Natur waren die Obliegenheiten, die mir zufielen; denn ich hatte namentlich im Anfang keine bestimmte Beschäftigung, sondern wurde bald diesem, bald jenem Betriebszweige zugeteilt. Zuerst kam die Bestellung der Felder; da mußte ich dem Ackerknecht die Mähne treiben (beim Pflügen die Zugochsen führen). Dann kam die Heuernte und namentlich die Ernte des Getreides, welche für alle harte Arbeit im Gefolge hatten; da gab es die verschiedensten Arbeiten, die meinen jungen Armen zugemutet wurden. Doch mir war nichts zu viel, sah ich doch, daß alle andern ohne Murren, jeder an seiner Stelle, sich ihrer schweren Aufgaben entledigten. Nachdem dann die Erntearbeiten vorüber waren, kamen auch für mich bessere Zeiten, indem nun das Vieh auf die Weide getrieben und meiner Obhut anvertraut wurde. So ging es nun fort, bis die kalten Herbsttage sich einstellten, die Weide anfing, spärlich zu werden, und das Vieh wieder im Stall gefüttert wurde. Es rückte nun die Zeit heran, wo wir wieder nach unserer Heimat zurückkehren sollten.

Das Heimweh nach unsern Eltern, nach unserem schönen Heimattal und namentlich nach unsern Bergen war den ganzen Sommer in unsern jungen Herzen wach geblieben, und wenn bei klarem Wetter die schneeigen Häupter unserer Schweizerberge herübergrüßten, so weilten wir in Gedanken dort, wo auf grünem Bergeshang die Alpenrosen blühen und der Hirten Jauchzen von der Felswand widerhallt, wo der Bergbach tosend von Fels zu Fels stürzt, bis er sich mit dem Fluß vereinigt, der durch die enge Schlucht sich zwängt. Das ist das Schweizerheimweh, das sich nicht beschreiben, sondern nur empfinden läßt.

Durch die gute Behandlung, welche uns zu teil wurde, hatte man uns diese Sehnsucht nach der Heimat so erträglich als möglich gemacht, so daß, als es zum Abschiednehmen kam, ein fast schmerzliches Gefühl sich mischte mit der Freude, die Heimat wieder sehen zu dürfen. Wir schieden mit innigem Danke von den Leuten, die uns so viel Gutes erwiesen hatten.

Der Bauer hatte uns ein gutes Zeugnis ausgestellt und versprach, uns entsprechend mehr Lohn zu geben, wenn wir im Frühling wieder in seinen Dienst treten wollten. Er sagte, es sei ihm darum zu tun, die gleichen Leute länger zu behalten, und da er gesehen habe, daß wir anstellige Burschen seien, so können wir sogar auch im Winter bei ihm bleiben; wir hätten dann Gelegenheit, die Dorfschule zu besuchen und auf diese Weise perfekt deutsch zu lernen. Daneben gebe es allerlei leichte Verrichtungen, die von uns gut ausgeführt werden könnten. Wir sollen dieserthalben mit unsern Eltern sprechen und, wenn sie zufrieden seien, sein Angebot annehmen.

Unser Lohn bestand aus doppelter Kleidung und 10 Gulden. Als wir alles in Empfang genommen und samt dem, was wir von der Bäuerin noch für die Wegzehrung und für die Eltern und Geschwister zugesteckt erhielten, in unsern Reisesäcken eingepackt hatten, waren wir reisefertig. Bis nach Ravensburg brachte uns der Bauer mit seinem Gefährt, dort trafen wir wieder mit unserm Führer und den andern Schwabengängern zusammen, und auf gleiche Weise, wie wir gekommen – mit dem einzigen Unterschied, daß wir lustiger waren und auf dem Marsche mehr Ausdauer zeigten, trotzdem unsere Säcke mehr drückten – ging es nun der lieben Heimat zu.

Das war mein erstes Lehrjahr als Bauernknecht, und wenn ich es etwas ausführlich geschildert habe, so bitte ich das zu entschuldigen; denn dieses erste Jahr war grundlegend für mein ganzes späteres Leben. Nicht alle, welche von unsern Hochtälern hinauszogen über den Bodensee, waren so glücklich wie mein Kamerad und ich; denn gar viele Bauern waren nur darauf bedacht, die armen Schweizerknaben so gut als möglich auszunützen, nicht im entferntesten kam es ihnen in den Sinn, auch erzieherisch auf die jungen Herzen einzuwirken und dazu beizutragen, sie zu nützlichen Gliedern der menschlichen Gesellschaft heranzubilden. Heute noch preise ich die Vorsehung, daß sie mich in den Dienst des Schachenhofbauers geführt hatte; denn daß ich ein rechter Mensch und brauchbarer Bauernknecht geworden bin, das habe ich fast einzig jenem Manne zu verdanken.

Meine Eltern waren natürlich sehr erfreut, daß es mir so gut ergangen im Schwabenland, und sie hatten nichts dagegen einzuwenden, daß ich mich zum zweitenmal auf den Schachenhof verdinge; auch war es ihnen recht, daß ich im Winter dort bleibe und die Schule besuche. Mein Genosse vom letzten Jahre war unterdessen mit seinen Eltern nach Amerika ausgewandert und lebt heute noch als glücklicher Besitzer einer Farm in Kansas. So schloß ich mich denn im

Frühjahr allein der ausziehenden Schar der Schwabengänger an und kam glücklich wieder im Schachenhof an, wo man über mein Kommen sehr erfreut war.

Es würde mich nun viel zu weit führen, wenn ich alle meine ferneren Erlebnisse auf diesem Hof schildern wollte. Wenn ich mitteile, daß ich volle 16 Jahre dort blieb und mich vom Küherbub nach und nach zum Oberknecht aufschwang, so mag das genügen. Hingegen kann ich nicht unterlassen, etwas näher einzugehen auf das Leben und Treiben, das auf diesem Bauernhofe herrschte, und auf das Verhältnis zwischen der Herrschaft und den Dienstboten.

Wer auf den Hof kam, dem mußte vor allen Dingen die peinliche Ordnung und Sauberkeit auffallen, die allenthalben, selbst in dem entlegensten Winkel, sich bemerkbar machte. Die Gebäude und alle Einrichtungen waren zwar sehr einfach, von behäbigem Luxus oder gar protziger Zurschaustellung des Reichtums war da nichts zu bemerken. Der Schachenhofbauer hatte das Gut von seinem Vater übernommen und war bestrebt, nicht nur alles gut zu erhalten, sondern auch zeitgemäße Verbesserungen vorzunehmen. Dabei aber hütete er sich, irgendwelche Einrichtungen zu treffen, die sich nicht rentierten oder nur totes Kapital darstellten. Während er auch die kleinste Ausgabe vermied, die ihm nicht gerechtfertigt erschien, geizte er nicht, wo es galt, irgend etwas einzuführen oder anzuschaffen, das den Betrieb zu vereinfachen oder zu erleichtern geeignet war oder höheren Ertrag sicherte. Obwohl er sich nicht leicht in Sachen einließ, die praktisch nicht durch und durch erprobt waren, so war er doch ein echter Fortschrittsbauer, der nicht zäh am Alten festhielt, sobald er sich überzeugt hatte, daß Neues vorteilhafter sei.

Auf dem Schachenhof wurde großer Wert auf richtige

Zeiteinteilung gelegt und der ganze Betrieb wurde nach einem bestimmten Plan geregelt. So kam es, daß man alles zur rechten Zeit fertig brachte, und wenn bei uns eine Arbeit angefangen wurde, so konnte jeder Bauer der Umgegend sicher darauf rechnen, daß er weder zu früh noch zu spät komme, wenn er auch damit beginne. Weil alles so gut eingeteilt wurde, so gab es auch keine Hasterei und keine Uebereilung, und das hatte den weiteren Vorteil im Gefolge, daß alle Arbeiten auch recht und gründlich getan wurden und nicht nur oberflächlich, wie man das leider so oft in unserer heutigen Zeit wahrnehmen muß.

Wenn unsere Kulturen auch manchmal selbst in schlechten Jahrgängen verhältnismäßig schön standen, so hörte man die andern Bauern oft sagen: »Was doch der Schachenhofer für ein heidenmäßiges Glück hat!« Ich aber lernte hier die Wahrheit des Sprichworts kennen: »Jeder ist seines Glückes Schmied.« Und wenn ich dazu berufen wäre, unsern Bauern gute Lehren zu erteilen, so würde ich ihnen vor allen Dingen zurufen: »Haltet gute Ordnung in allen Dingen; denn das ist das Fundament, auf dem sich ein guter Wirtschaftsbetrieb aufbauen muß!«

Unser Bauer aber hatte nicht nur schöne, ertragreiche Aecker und Wiesen und leistungsfähiges Vieh, sondern er hatte auch weit und breit die besten Dienstboten und meistens solche, die schon eine Reihe von Jahren in seinen Diensten standen. Das kam hauptsächlich daher, weil er es nicht nur verstand, Knechte und Mägde richtig zu behandeln und sie als Menschen zu achten, sondern ihnen auch einen rechten Lohn bezahlte und es ihnen gönnte, wenn sie in seinem Dienst etwas fürs Alter ersparen konnten.

Es wäre indessen weit gefehlt, wollte man glauben, daß bei uns nicht tüchtig und streng gearbeitet wurde von früh bis spät, und hätte sich etwa ein Knecht auf den Schachenhof verdingen wollen in der Meinung, da ein Schlaraffenleben führen zu können, so wäre er jedenfalls von der Wirklichkeit stark enttäuscht gewesen. Mancher neu eingestandene Dienstbote hat es denn auch einsehen müssen, daß es auf dem Schachenhof noch manches zu lernen gebe, bevor man imstande sei, den Bauer vollauf zu befriedigen.

Manchem, der noch nicht an stramme Ordnung gewöhnt war, kam es in den ersten Wochen hart an, sich dem strengen Regiment zu fügen, aber da half kein Murren. Der Schachenhofer wußte seinen Willen durchzusetzen, zwar nicht mit Fluchen oder groben Worten, aber mit klaren und deutlichen Befehlen, die nicht so leicht einer zu übertreten wagte. Jeder merkte denn auch bald, daß die Arbeit so viel leichter von statten gehe, als da, wo Unordnung einem ungestörten Arbeitsverlauf jeden Augenblick im Wege steht. Weil alles Arbeitsgeschirr an seinem bestimmten Orte aufbewahrt war, so mußte man nie etwas suchen, und weil jedes Gerät nach dem Gebrauche gereinigt wurde und jede notwendig gewordene Reparatur sofort ausgeführt werden mußte, so war auch immer alles gebrauchsfähig. Nur dieser einzige Umstand bewahrte uns vor vielen Zeitverlusten und Ausgaben, die mancher nur als Kleinigkeit betrachtet, die aber in ihrer Summierung allein schon hinreichen können, einen Bauer dem Ruin entgegen zu führen.

Auf dem Schachenhof wurden alle Mahlzeiten gemeinschaftlich eingenommen; der Bauer und die Bäuerin verschmähten es nicht, mit den Dienstboten am gleichen Tische zu sitzen. Das brachte zwei große Vorteile mit sich. Erstens war damit allen Reklamationen über die Beköstigung die Spitze abgebrochen; denn was der Herrschaft recht war, das mußte auch den Dienstboten gut genug sein. Zweitens war es da notwendig geboten, daß alle ordentlich und reinlich am Tisch erschienen, sich dort auch anständig benahmen und daß eine regelmäßige Essenszeit eingehalten wurde, alles Punkte, die meistens dort vermißt werden, wo das Gesinde abgesondert von der Herrschaft ihr Essen erhält.

Der Bauer hielt überhaupt darauf, daß sich seine Leute auch an ihrer Person der Reinlichkeit und Sauberkeit beflissen. Er meinte, wenn der Bauer oft so gering geachtet werde, so rühre das vielfach nur daher, weil er denke, es vertrage sich mit seinem Stande nicht, daß er auch sauber gekleidet sei und sich anständig benehme. Die landwirtschaftlichen Arbeiten bringen es ja gewiß mit sich, daß man nicht immer wie aus dem Kasten heraus daherkommen kann, aber es ist durchaus nicht notwendig, das, was von rechtswegen auf den Miststock gehört, an den Kleidern und Schuhen mit sich herumzutragen, oder zu glauben, daß die Unsauberkeit des Stalles auch auf das Wohnhaus übertragen werden müsse.

In dieser Angelegenheit tat dann freilich auch die Bäuerin das ihrige zur Sache. Sie trug Sorge dafür, daß jedem Dienstboten alles gewaschen und geflickt wurde, verlangte aber auch, daß die Leute selbst sich daran gewöhnten, ihre Kleider gut zu halten. In den Kammern duldete sie keine Unordnung, und ich habe da oft bemerken können, daß es eigentlich gar nicht so schwer ist, auch den gröbsten Knecht zur Reinlichkeit und guten Sitte anzuhalten, wenn man es nur richtig anfaßt. Freilich, wo es dem Bauer höchstens darauf ankommt, daß die Ställe in Ordnung sind, er es aber unter seiner Würde hält, einmal eine Knechtenkammer zu betreten, wo nur das Vieh geputzt wird, der Knecht aber wie eine wandelnde Düngerstätte herumlaufen darf, da muß es einen nicht Wunder nehmen, wenn es mit der Reinlichkeit schlecht bestellt ist.

Unser Bauer liebte es, wenn die Sonntage möglichst eingehalten wurden. Am Samstag mußten alle Reinigungsarbeiten vorgenommen werden und nur wenn man in der Erntezeit bei zweifelhaften Witterungsaussichten mit ganz dringenden Arbeiten überhäuft war, durfte man so etwas auf den Sonntag verschieben. Er liebte es, wenn an Sonn- und Festtagen eine feierliche Ruhe auf dem Hofe herrschte, die Leute die Kirche besuchten oder einen Spaziergang durch die Felder machten. Häufig unternahm er selbst einen solchen Gang und meinte, man werde da auf manches aufmerksam, an dem man am Werktag, wo der Kopf mit den Sorgen der Arbeit erfüllt sei, achtlos vorübergehe. Ging etwa einer der Knechte am Sonntag nachmittag ins Wirtshaus, so hatte der Bauer nichts dagegen. Hingegen duldete er keine Ausschreitungen und Trunkenbolde behielt er nicht in seinem Dienst.

Es war eine Freude, zu sehen, wie auf dem Schachenhofe selbst der geringste Hirtenknabe mit eigenem Interesse an der Arbeit beteiligt war. Das kam daher, weil der Bauer nicht nur trockene Befehle austeilte, sondern eine wirkliche Besprechung der Arbeit miteinflocht; er achtete auch die Ansichten anderer und regte so jeden zu selbständigem Denken an. Es läßt sich leicht begreifen, daß die Arbeit so ganz andere Resultate zeitigte, als wenn nur mechanisch gearbeitet worden wäre.

Wo der Bauer eine Belehrung bei uns Dienstboten anbringen konnte, da unterließ er es nie, und namentlich die langen Winterabende benützte er dazu, uns mit den Neuerungen auf dem Gebiete der Landwirtschaft bekannt zu machen. Damals gab es noch nicht die Flut landwirtschaftlicher Literatur, wie heute, dafür wurde alles gründlicher gelesen und studiert, und auch wir Knechte erhielten die Bücher zu lesen, welche der Bauer besaß. Allfällige neue Anregungen wurden besprochen und beraten, in welcher Weise sie ungefähr für unsere Verhältnisse passen und wie sie verwendet werden könnten.

Man kann leicht begreifen, daß ich auf dem Schachenhof unter den geschilderten Verhältnissen alle Arbeiten gründlich gelernt habe. Ich lernte nicht nur, wie und wann die verschiedenen Beschäftigungen vorzunehmen sind, sondern, weil ich mich auch mit dem Kopf an der Arbeit beteiligte, über alles nachdachte und den Erfolg beobachtete, lernte ich einigermaßen auch das »Warum« einer Hantierung kennen, soweit das nach den damaligen Verhältnissen und ohne Fachschulen möglich war. Unleugbar war es für mich ein großer Vorteil, daß ich auf der untersten Stufe, nämlich als Hirtenknabe, meine Tätigkeit auf dem Hof begonnen hatte. So kannte ich den ganzen Betrieb durch und durch und konnte dem Bauer kräftig an die Hand gehen.

Ohne etwa mich selbst rühmen zu wollen, darf ich doch sagen, daß ich nicht mit größerem Eifer und Interesse hätte arbeiten können, wenn ich der leibliche Sohn von Schachenhofers gewesen wäre. Hingegen darf ich auch nicht verschweigen, daß ich fast wie ein Sohn gehalten wurde. Man räumte mir mehr Rechte ein, als ich je benützen wollte. Auch der Lohn war ein recht guter für einen Bauernknecht; fast jedes Jahr gab man mir Aufbesserung, und ich konnte meinen Eltern nette Sümmchen nach Hause senden. Zweimal kam ich während meines Aufenthaltes auf dem Schachenhof zu einem kurzen Besuch nach Hause und fand zu meiner Freude immer geordnetere Zustände vor. Aus meinen kleinen Geschwistern wurden mit der Zeit große Leute; die beiden Schwestern verheirateten sich, mein jüngerer Bruder wurde ein Schmied und hat jetzt ein gutgehendes Geschäft drunten im Dorfe.

Sie sehen, daß ich nicht nur über nichts zu klagen hatte,

sondern es ging mir so gut, wie ich es mir eigentlich nie zu wünschen getraut hatte. Doch es sollte anders kommen, und wenn ich bisher nur die Lichtseiten meines Standes kennen gelernt hatte, so sollten mir nun auch die Schattenseiten im Leben eines Bauernknechtes bekannt werden.

Eines Tages – es war gerade in der Zeit der Heuernte – wurde der Bauer, der sonst immer ein Bild der Gesundheit gewesen war, auf einmal krank, und ich mußte schnell einen Arzt aus der Stadt holen. Als dieser den Kranken untersucht hatte, schüttelte er bedenklich den Kopf und bedeutete der Bäuerin, daß sie sich auf das Schlimmste gefaßt machen müsse, indem eine heftige Lungenentzündung zu konstatieren sei. Alle ärztliche Kunst war denn auch vergebens, und nach vier Tagen standen wir tiefbetrübt an der Bahre unseres Brotherrn, den wir alle wie einen Vater verehrt hatten.

Nun kamen trübe Zeiten. Der ganze Gutsbetrieb ruhte auf meinen Schultern. Die Schachenhoferin, die den Verlust ihres Gatten kaum überwinden konnte, wollte sich um nichts mehr annehmen. Ihre Ehe war kinderlos geblieben, und somit hatte sie niemanden, dem sie den Hof übergeben konnte. So entschloß sie sich, denselben zu verkaufen und in die Stadt zu ziehen. Die Sache wurde einem Notar übergeben und bald stellten sich Kaufliebhaber zur Besichtigung des Hofes ein.

Ein junger Herr, der eben seine Studien in Hohenheim beendigt hatte und im Begriffe stand, sich zu verheiraten, wurde Besitzer des Schachenhofes, und weil er auch die Dienstboten mit übernommen hatte, unser neuer Herr.

Nun begannen Umwälzungen im großen Stil. Zunächst rückte ein Heer der verschiedensten Handwerker ein; denn es galt nun, das Wohnhaus für den Empfang der jungen

Frau würdig herauszuputzen. Es wurde auch jetzt noch der Betrieb fast vollständig mir überlassen. Herr Rasch – so hieß der neue Hofbesitzer – kündete mir zwar vorläufig an, daß da vieles anders werden müsse; vorerst freilich habe er nicht Zeit dazu. Meistens war er denn auch abwesend, entweder in der Stadt, oder auf Besuch bei seiner Braut in Stuttgart, und wir konnten alle Arbeiten wie gewohnt verrichten. Eine Haushälterin besorgte das Hauswesen, zwar nicht in der Weise, wie unsere Bäuerin es getan, aber wir hatten auch nicht gerade Anlaß zu Klagen.

Gegen den Herbst kam die Ausstattung der zukünftigen Herrin, alles ganz städtisch, sogar ein Klavier wurde im »Salon« aufgestellt. Bald kam auch das neuvermählte Paar selbst an, und Herr und Frau Rasch begannen nun, die Zügel der Regierung selbst in die Hand zu nehmen.

Sehr bald mußte ich bemerken, daß unser Herr zwar sehr viel wisse – er hatte jedenfalls die Schule mit sehr gutem Erfolge absolviert – aber daß ihm die notwendige Praxis und die nötige Energie, das Gelernte auch richtig zu verwerten, fehlte. Dabei nahm er auch zu wenig Rücksicht auf die örtlichen Verhältnisse. So konnte es nicht ausbleiben, daß falsche Maßnahmen Mißerfolge zeitigten. Zu stolz nun, den Fehler bei sich selbst zu suchen, glaubte Herr Rasch, die Ursachen wo anders suchen zu müssen. Bald mußten die schlechten Einrichtungen schuld sein, bald suchte er die Dienstboten verantwortlich zu machen. Das zeitigte natürlich Unzufriedenheiten auf beiden Seiten, und als Lichtmeß heranrückte, kündigten schon einige derjenigen Dienstboten, die mehrere Jahre unter dem verstorbenen Schachenhofer gedient hatten.

Von den Mägden blieb keine einzige, denn bei der jungen Frau war es gar nicht zum Aushalten. Sie wollte regieren, während sie doch weder von der Führung des Hauswesens, noch von der Landwirtschaft viel verstand. Um das Wohl oder Wehe der Dienstboten kümmerte sie sich nichts, dazu hatte sie eine Haushälterin, die aber auch, wie die Mägde, den Dienst gekündet hatte aufs erste Ziel.

Nach und nach riß überall Unordnung ein, besonders auch deswegen, weil planlos bald dieses, bald jenes in Angriff genommen wurde, ohne etwas zu beenden. Da war es unausbleiblich, daß hier ein Gerät liegen gelassen wurde, dort etwas anderes verloren ging. Aber auch ungemein viel Zeit ging bei dem unsichern Hinundherlaufen verloren. Weil alles am Sonntag aufgeräumt und geputzt werden sollte, so geschah es nur oberflächlich und mit Unlust. Weil unser Herr nie gründlich nachschaute, so merkte er nicht, daß unter dem äußerlichen Schein der Sauberkeit das schlimmste Krebsübel eines Bauernwesens, die Unordnung, an seinem schönen Gute zu zehren begann.

Herr Rasch hatte auch einen andern Fehler, der schon manchen Landwirt zu grunde gerichtet hat. Er war prunksüchtig und wollte um jeden Preis den andern Bauern der Umgebung imponieren. Hätte er die nötige Energie und Schaffenslust besessen, seine Kenntnisse in richtiger Weise zu verwerten, so wäre ihm das vielleicht auch gelungen; denn ich glaube bestimmt, daß es ihm geglückt wäre, den Ertrag des Hofes bedeutend zu erhöhen, trotzdem der frühere Besitzer nach seiner Art mustergiltig gewirtschaftet hatte. Ich merkte z. B. gar bald, daß mit den neueren Geräten eine ganz andere Arbeit geliefert werden konnte. Aber was nützte uns der beste Hohenheimer Pflug, wenn er zu spät in Anwendung kam, und was frommte das bessere Saatgut, wenn es zur unrichtigen Zeit in den Boden kam, oder wenn die aufgehende Saat im Unkraut halb erstickte. Weil es nun in diesem Punkte nicht ging, sich hervorzutun, und er dabei nur erzielte, daß die Nachbarn im Stillen über den »studierten Bauer« lachten, so wurde es auf andere

Weise versucht. Die schlichten, aber zweckmäßigen Wirtschaftsgebäude wurden niedergerissen und durch massive Prachtbauten ersetzt. Diese neuen Stallungen und Scheunen erfüllten den Zweck nicht viel besser als die alten. Sie gewährten nur den Vorteil, daß sie schöner aussahen, hatten aber den sehr schwerwiegenden Nachteil, daß in ihnen ein unproduktives Kapital angelegt war.

Es wird Ihnen aufgefallen sein, daß ich noch gar nichts erzählte über das Verhältnis zwischen Herrn Rasch und mir, doch werden Sie sich, nach meiner Beschreibung der allgemeinen Zustände, schon ein Bild machen können, wie wir zu einander gestanden haben. Bei diesem Punkte angelangt, muß ich jedoch gestehen, daß mein Herr die Schuld nicht allein trug, wenn die Kluft zwischen uns immer größer und unüberbrückbar wurde; auch ich selbst trug sehr viel dazu bei. Herr Rasch überragte mich natürlich an Bildung und theoretischem Wissen himmelweit, wogegen ich im praktischen Können und im Bekanntsein mit den örtlichen Verhältnissen im Vorteil war. Beide aber hatten wir den gleich großen Fehler, daß wir dem eigenen Wissen die größte Wichtigkeit beimaßen und mit Geringschätzung auf die Fähigkeiten des andern blickten. Ich glaube heute bestimmt, daß wenn wir darnach getrachtet hätten, uns gegenseitig zu ergänzen, alles ins richtige Geleise gekommen wäre. Ich war der Untergebene, und an mir wäre es also gelegen, damit den Anfang zu machen. Statt dessen verspürte ich eine stille Freude, wenn ich sah, daß etwas schief ging. Ich befolgte willig die verkehrten Anordnungen meines Herrn, auch dann, wenn es in meiner Macht gelegen hätte, die daraus resultierenden Mißerfolge abzuwenden. Erhielt ich dann Vorwürfe, so meinte ich, das sei ungerecht, und beklagte mich über schnöde Behandlung. So kamen wir denn beide zur Einsicht, daß wir nicht weiter mit einander arbeiten

29

können, und als ich schließlich den Dienst kündigte, kam ich damit nur Herrn Rasch zuvor, der mich sicherlich nicht mehr auf dem Hof geduldet hätte.

Was nun meinen ferneren Aufenthalt im Schwabenlande anbetrifft, so gibt es davon nicht mehr viel zu erzählen. An zwei andern Plätzen hatte ich auch mehr schlechte als gute Erfahrungen zu machen und zwar hauptsächlich deswegen, weil ich noch eines nicht gelernt hatte, nämlich mich, wie es einem Dienstboten geziemt, dem Arbeitgeber unterzuordnen und mich den verschiedenen Verhältnissen anzupassen. Ich hielt mich für eine viel zu wichtige Persönlichkeit und hatte geglaubt, gleich überall eine wichtige Rolle spielen zu können. Der verstorbene Schachenhofer schwebte mir als das Ideal eines Bauern vor, und weil ich dieses Ideal nicht gleich wieder fand, so hielt ich alle andern Bauern für dumm und meinte, sie seien nicht wert, einen Knecht in ihrem Dienst zu haben, wie ich einer sei. So wurde ich immer unduldsamer und mancher Bauer ließ mich gerne aus seinem Dienste scheiden, trotzdem er mich vielleicht als tüchtigen Arbeiter und soliden Menschen schätzen gelernt hatte. Dabei wurde bei mir die Sehnsucht nach der Heimat immer größer, und als mich die Trauerkunde ereilte, daß mein Vater plötzlich gestorben sei, hielt ich es für meine Pflicht, mich meiner alten Mutter anzunehmen und mich mit meinen Geschwistern in die Sorge um dieselbe zu teilen.

So sagte ich dem Schwabenlande adieu, zog in mein heimatliches Tal zurück und suchte hier einen passenden Platz. Weil man mich für einen ordentlichen Burschen hielt, so brauchte ich auch nicht lange Umschau zu halten, und es tat mir wohl, in eine ganz veränderte Umgebung zu kommen.

Die Betriebsrichtung in der Landwirtschaft war und ist eine ganz andere hier in unserer Berggegend, als draußen im oberschwäbischen Flachlande, und das brachte mit sich, daß es zunächst für mich wieder vieles zu lernen gab. Das sah ich glücklicherweise auch ein, und ich warf mich mit wahrem Feuereifer auf meine Ausbildung in der Viehzucht, in der Milchwirtschaft und im Alp- und Weidewesen.

Es begann damals gerade ein frischer Zug durch unsere schweizerische Landwirtschaft zu wehen, der auch bis herauf in unsere Berge bemerkbar wurde. Der schweizerische Landwirtschaftliche Verein entwickelte eine segensreiche Wirksamkeit. Zu einigen Ackerbauschulen gesellte sich die landwirtschaftliche Abteilung am Polytechnikum in Zürich, und bei uns war es besonders Schatzmann, der sich ein großes Verdienst um unsere Milchwirtschaft erwarb. Bücher und Zeitschriften wurden jedem zugänglich, und erst jetzt empfand ich es als ein Glück, daß ich draußen in der schwäbischen Dorfschule deutsch lesen und schreiben gelernt hatte.

Ich habe von jeher Freude an den Büchern gehabt, und manchen Franken habe ich ausgegeben, um dieses oder jenes kleinere landwirtschaftliche Werk anzuschaffen. So gelangte ich nach und nach zu einer kleinen Bibliothek, die heute noch mein Stolz ist.

Weil es mir an Geld fehlte und ich mich vor dem Schuldenmachen fürchtete, so konnte ich meine Erfahrungen nie für mich selbst verwerten, aber es gab Leute genug, die gerne eine Anregung und einen guten Rat auch von einem Knecht annahmen, und mancher Bauer ist mir heute noch dankbar für diesen oder jenen praktischen Wink, den er von mir erhalten, und der ihm von Nutzen war.

Immer mehr lernte ich erkennen, was für einen eminenten Vorteil unsere Alpen und Weiden für unsere Viehzucht und Viehhaltung bedeuten; leider mußte ich auch sehen, wie gerade auf diesem Gebiete eine schreckliche Mißwirtschaft herrschte, die zum Teil heute noch nicht ganz beseitigt ist. Ich mußte sehen, wie in unsern Wäldern und namentlich in den Hochwäldern eine wahre Raubwirtschaft getrieben wurde, wie die besten Alpen verunkrauteten und vergandeten, wie das Vieh bei denkbar schlechtesten Einrichtungen ohne Schutz und Futter den stärksten Unbilden der Witterung ausgesetzt blieb, wie die Milch schlecht verarbeitet wurde, wie man die Tiere den gewissenlosesten Leuten zur Hut anvertraute u. s. w. Namentlich dieser letzte Punkt gab mir viel zu denken, und ich konnte je länger je weniger begreifen, daß Bauern, die sonst das Herz auf dem rechten Fleck hatten und bei Aufzucht und Pflege des Viehes im Stall sehr exakt waren, ihre wertvolle Viehhabe auf der Alp Leuten anvertrauten, von denen jedermann wußte, daß sie faul, leichtsinnig und in allen Teilen unfähig seien, ihren Dienst pflichtgetreu zu versehen, und das alles nur, weil solche Hirten ein paar Franken weniger kosteten, als gewissenhafte Personen, denen aber auch etwas daran lag, ihre Pflicht voll und ganz zu erfüllen.

Um nun selbst hier mit gutem Beispiel voranzugehen und um zu zeigen, was ein richtiger Aelpler zu leisten im stande sei, entschloß ich mich, nachdem ich mehrere Jahre am gleichen Platze Knecht gewesen, selbst Senn zu werden. Ich bot mich der Gemeinde als solchen um geringen Lohn an, aber mit der Bedingung, das übrige Alppersonal selbst auswählen zu dürfen. Wider Erwarten ging man auf meine Forderung ein, und zur gegebenen Zeit trat ich mein neues Amt an.

Da gab es wieder ein reiches Arbeitsfeld für mich; denn mit den denkbar schlechtesten Einrichtungen mußte ich beginnen. Dazu kam noch der Umstand erschwerend hinzu, daß es Leute gab, die zäh am Alten festhingen und jeder

Neuerung abhold waren, besonders solchen, welche etwelche Ausgaben erforderten, und wären sie auch noch so klein gewesen. Diese hatten schon meine Wahl bekämpft und arbeiteten mir jetzt direkt entgegen. Doch ich hatte schon im ersten Jahre Glück. Durch einen richtigen Weidewechsel, durch Verbesserung der Tränkstätten und andere kleine Maßnahmen, die ich mit meinen Leuten ohne weitere Kosten durchführen konnte, behielt ich die Kühe gesund und leistungsfähig. So steigerte ich den Ertrag und verbesserte zugleich durch bessere Verarbeitung der Milch die Produkte. Mit zäher Energie steuerte ich auf das mir vorgesteckte Ziel los, und ich habe es erreicht, wenn es auch manchen harten Kampf kostete. Dreißig Jahre lang war ich Senn auf unserer Gemeindealp, und wer dieselbe heute betritt, muß sagen, daß es eine Musteralp geworden ist. Sie wirft heute mit den verbesserten Einrichtungen und bei der rationellen Bewirtschaftung den dreifachen Nutzen ab von damals, als ich zum erstenmal ihr als Senn vorstand. Es ist zwar richtig, daß die Gemeinde sich etwas hat kosten lassen müssen, aber sie erhielt auch ansehnliche Subventionen von Bund und Kanton, und selbst wenn sie alles hätte allein bezahlen müssen, so hätte die Ausgabe dennoch gut rentiert.

Sehen Sie, so war es mir doch vergönnt, etwas wirken zu können, und wenn ich auch bis heute nichts anderes als ein Knecht geblieben bin, so darf ich doch sagen, daß ich meinen Platz in Ehren ausgefüllt habe.

Auch heute bin ich mit meinem Streben noch nicht zu Ende. Als ich als Senn das erreicht hatte, was ich erreichen wollte, und ich getrost mein Amt einer jüngeren Kraft abtreten konnte, da bin ich mit ganz bestimmten Absichten Schafhirt geworden. Ich war längst überzeugt, daß die Schafzucht für unsere Gegend einen sehr einträglichen Landwirtschaftszweig ausmache und besonders dann, wenn sie so betrieben würde, wie es die Neuzeit erfordert. Ich erkannte, daß man durch richtige Zucht die Rasse verbessern müsse, daß eine bessere Haltung und Pflege platzzugreifen habe und daß der Weidebetrieb anders zu regeln sei. Ueber die ersten beiden Punkte suche ich stets unsere Bauern aufzuklären, und, wie mir scheint, mit Erfolg. Die Hirtschaft übernahm ich selbst und besorge dieselbe seit drei Jahren.

Wie ich Ihnen bereits anfangs mitteilte, betrachte ich mein jetziges Amt als eine Art Ruheposten. Im Winter, wenn die Schafe im Stall gehalten werden, pflege auch ich der Ruhe. Ich habe mir so viel erspart, daß ich während dieser Zeit nicht auf Verdienst ausgehen muß; da bleibe ich ruhig in meinem Häuschen, das mir als Erbteil von meinen Eltern zugefallen ist. Da lebe ich meinen Büchern, und gar nicht selten werde ich von den Bauern unseres Dorfes um diesen oder jenen Rat angegangen, den ich stets, wo ich kann, gerne erteile. Im Herbst und Frühjahr besorge ich die Heimweide, und im Sommer ziehe ich herauf in diese Hütte, die ich mir wohnlicher eingerichtet habe. Jede Woche bringt man mir meinen Proviant herauf und damit ich nicht ohne Nachrichten bleibe von dem, was draußen in der Welt vorgeht, auch die Zeitungen. Am meisten freue ich mich dabei immer auf die »Grüne«, deren langjähriger Abonnent ich bin.

So, da haben Sie nun meine Geschichte, und wenn ich Sie damit gelangweilt habe, so bitte ich um Entschuldigung. Sie haben es übrigens ja selbst so haben wollen.«

Ich drückte dem alten Schäfer die Hand zum Danke für seine sehr interessante Erzählung und sagte ihm, daß mein Herz viel zu sehr an allem Anteil nehme, was die Landwirtschaft betreffe, als daß ich seine Mitteilungen langweilig finden könnte. Nur eine Frage müsse ich noch an ihn richten, nämlich die, wie es gekommen sei, daß er nie daran gedacht habe, sich eine eigene Familie zu gründen.

»Ja, lieber Herr,« entgegnete er, »das war bei mir so eine eigene Sache. Zuerst fehlten mir die Mittel zum Heiraten; ich mußte meine Eltern und Geschwister unterstützen. Dann war mein Lohn überhaupt nicht so groß, daß ich hätte Frau und Kinder ernähren können, und als ich später etwas besser gestellt war, war ich zu alt und mußte dafür sorgen, daß aufs Alter auch noch etwas bleibe. Sehen Sie, das ist überhaupt ein dunkler Punkt in unserem Stand. Ein armer Bauernknecht darf, wenn er nicht leichtsinnig ist, überhaupt nicht so leicht ans Heiraten denken, und das mag auch sehr viel dazu beitragen, daß gar mancher seinen Verdienst anderswo sucht als bei der Landwirtschaft. Es wird ja heutzutage sehr viel über die Dienstbotenfrage geschrieben, und allenthalben führt man Klage darüber, daß niemand mehr gerne Bauernknecht sein wolle, und daß alles nur den Städten und den Kurorten zulaufe. Diese Klage ist ja berechtigt, aber auf der anderen Seite muß man auch bedenken, daß das Los eines Knechtes oft kein beneidenswertes ist. Die Hauptarbeiten bei der Landwirtschaft wickeln sich draußen unter freiem Himmel ab; da geht es nicht anders, als daß man mit Wind und Regen, mit Schnee und Kälte in Berührung kommen muß. Das würde man gerne noch in den Kauf nehmen, obwohl es sicher ist, daß bei richtiger Arbeitseinteilung auch in dieser Hinsicht die Dienstboten etwas mehr geschont werden könnten. Das Schlimmste aber ist, daß bei gar vielen Bauern der arme Knecht, nachdem er den ganzen Tag bei schlimmster Witterung draußen gewesen und bis auf die Haut durchnäßt heimgekommen ist, oft nicht einmal Gelegenheit findet, seine Kleider zu trocknen; es wird ihm für die Winterabende kein warmes Zimmer geboten, und nur zu oft ist ihm für seine müden Glieder ein gar schlechtes

Lager bereitet. Ich mußte mich oft überzeugen, daß mancher Bauer viel mehr für sein Vieh besorgt ist als für seine Knechte. Wenn man in dieser Beziehung Besserung schaffen wollte, würde mancher auch lieber Bauernknecht sein.«

Ich konnte natürlich nicht anders, als auch dieser Ansicht des Alten beipflichten. Unterdessen war es ziemlich spät geworden. Ueber dem Talgrund lagerte sich bereits die Dämmerung; auf den schneebedeckten Zacken und Kuppeln der Berge erlosch der letzte Hauch des Abendrotes, und schon erglänzte hie und da ein Stern in mattem Licht. Die Luft war wunderbar rein und würzig, aber es begann sich eine empfindliche Kühle bemerkbar zu machen, und wir verließen die Bank und wandten uns dem Innern der Hütte zu, um unsere Schlafstätten aufzusuchen.

Als ich am andern Morgen erwachte, hatte mein Wirt schon das Frühstück in Bereitschaft. Er meinte, es sei ein ordentlicher Marsch bis hinüber ins Glarnerland, und da sei es gut, wenn ich mich nicht mehr lange aufhalten müsse.

Es ging denn auch nicht gar zu lange, bis ich zum Aufbruche bereit war. Der Alte begleitete mich ein Stück, um mir den Weg zu zeigen bis zu einer Stelle, von der aus es dann nicht so leicht war, irre zu gehen.

Auf dieser Wanderung kamen wir nochmals auf die Erlebnisse meines Begleiters zu sprechen, und ich gab meinem Bedauern Ausdruck, daß in unserer Fachliteratur die Dienstbotenfrage zu einseitig vom Standpunkte der Arbeitgeber behandelt werde. »Es würde gewiß nichts schaden,« äußerte ich, »wenn sich auch die Dienstboten selbst hie und da hören ließen, und gerade so eine schlichte Erzählung aus dem Leben, wie sie mir gestern abend aus Ihrem Munde geboten wurde, dürfte viel nützlicher sein, als manche theoretische Abhandlung über die landwirtschaftliche Arbeiterfrage. Könnten Sie nicht einmal

Ihre Winterferien dazu benützen, um Ihre Lebensgeschichte so zu Papier zu bringen, wie Sie mir dieselbe erzählten?«

Lächelnd antwortete mir mein Führer: »Um in meinen alten Tagen noch Schafhirt zu werden, dazu hatte ich Lust und Energie genug, aber zum Schriftstellern langt's nicht mehr. Meine Hand ist steif geworden, und ich würde die Gedanken nicht mehr aneinander reihen können, wie es sich gehört; hingegen erlaube ich Ihnen gerne, meine Erlebnisse zu veröffentlichen, wenn Sie glauben, daß das jemand von Nutzen sein könnte.«

Von dieser Erlaubnis habe ich nun Gebrauch gemacht und wenn Du, lieber Leser, ein Bauer bist, so denke daran, daß Du selbst sehr viel dazu beitragen kannst, um die Dienstboten an Dich zu fesseln, sie brauchbarer, treuer und fleißiger zu machen. Du brauchst Dir nur stets zu vergegenwärtigen, daß Deine Knechte, Mägde und Taglöhner Menschen sind, die einen Anspruch haben auf eine gute Behandlung, und die dankbar sind, wenn ihnen ihre keineswegs leichten Aufgaben erleichtert werden durch möglichste Bessergestaltung ihrer Lage.

Bist Du aber ein Knecht, so bedenke, daß Du bei treuer Pflichterfüllung in Deinem sehr ehrenhaften Stand es so gut zu einem Erfolge bringen kannst als in jedem andern. Trachte darnach, daß Du im Alter auch so zufrieden auf Dein Wirken zurückblicken kannst wie der alte Schäfer, von dem ich Dir erzählt habe.

Die Blumenliese.

I.

Es war an einem jener warmen, sonnenklaren Herbsttage, an welchen man so recht den eigenartigen Zauber der langsam zum Winterschlafe sich vorbereitenden Natur herausfühlt, als ein mit allerlei Hausrat beladener Wagen, von zwei kräftigen Pferden gezogen, sich langsam die in mehreren Windungen nach dem Bergdorfe D. führende Bergstraße hinaufbewegte.

Den Möbelstücken sah man es an, daß ihr Besitzer nicht gerade ein reicher Mann sei; indessen deutete auch nichts darauf hin, daß er sich in Verhältnissen befinde, die ihn zwängen, notwendige Haushaltungsgegenstände entbehren zu müssen. Der sofort auffallende Unterschied der Mobilien in Bezug auf Alter, Herstellungsweise und Material, ließ darauf schließen, daß viele der einzelnen Stücke nach und nach, je nach Gelegenheit und Bedarf angeschafft wurden. Es war deutlich zu erkennen, daß einige Schränke und Kommoden schon mehreren Generationen gedient hatten. Wie vorteilhaft nehmen sich doch diese schweren, harthölzernen, von ihren Erstellern scheinbar für die Ewigkeit bestimmten Möbel gegen manche Erzeugnisse der heutigen Möbelfabrikation aus, wo alles für das Auge berechnet ist und beim ersten rechtschaffenen Putsch aus dem Leim geht.

Verschiedene Anzeichen deuteten darauf hin, daß das hier seinen Wohnsitz wechselnde Ehepaar oder wenigstens die eine Hälfte davon Liebhabereien für Blumenzucht hege. Ein ziemlich geräumiger Waschzuber, der zu oberst auf dem hochgeladenen Fuder tronte, schien ganz mit Topfpflanzen gefüllt zu sein, wenigstens schauten die Blütendolden verschiedener Geranien wie verwundert in die Welt hinaus, und die schwellenden Knospen einer Monatrose hingen nickend über den Rand des Zubers hinunter. Hinten an dem Fuder aufgehängt, baumelte ein Blumentisch aus einfachem Weidengeflecht und mit Föhrenzapfen verziert – wohl von eigener Hand des Besitzers gefertigt.

Der Hausrat gehörte dem aus D. gebürtigen Zimmermann Martin Müller, der gleich nach beendigter Lehre ins Unterland gezogen war, wo er an verschiedenen Orten gearbeitet und sich zu einem tüchtigen Arbeiter ausgebildet hatte. Der lebenslustige, dabei sehr fleißige und sparsame Zimmergeselle wurde überall, wo er hinkam, gerne gesehen. Als er bei einer größern Baufirma einen gutbezahlten Palierposten erhielt, verheiratete er sich mit der Tochter eines Kleinbauern, die freilich keine große Mitgift in die Ehe brachte, ihren Mann aber wahrhaft liebte und über zwei gesunde Arme und einen häuslichen Sinn verfügte. Zwölf glückliche Jahre hatten sie nun schon mit einander verlebt; sie waren zufrieden in ihren einfachen Verhältnissen und dankten Gott, daß er sie bis jetzt vor herben Prüfungen verschont hatte.

Martin hatte seine Mutter schon früh verloren, und nun war vor einem halben Jahre auch sein Vater gestorben. Dieser war Maurer gewesen, der seit Jahren für die Bewohner von D. die etwa notwendigen Reparaturen an ihren Häusern ausführte und hie und da auch kleinere Bauten übernahm. Daneben versah er die Stelle eines Gemeindeweibels und galt überall als ein äußerst fleißiger und rechtschaffener Mann. Eine alte Verwandte, die dem Weibelhannes (so wurde der alte Müller allgemein genannt) nach dem Tode seiner Frau die kleine Haushaltung geführt hatte, zog jetzt zu einer im Oberland wohnenden Schwester, und unser Martin erbte das kleine, mitten im Dorfe stehende Haus samt angrenzendem Baumgarten und einigen andern kleineren Grundstücken. Dieser Umstand hatte ihn bewogen, in die Heimat zurückzukehren und auf eigene Rechnung ein kleines Geschäft zu gründen. Wir finden ihn heute mit seiner Familie auf dem Wege dahin.

Martin ging neben dem Fuhrmann her; sie beide waren Schulkameraden und hatten einander natürlich vieles zu erzählen, besonders Martin hatte manches zu fragen über die heimatlichen Verhältnisse, in denen sich so manches in den vielen Jahren seiner Abwesenheit geändert hatte.

Die an der Seite des Wagens dahinschreitende Mutter hatte vollauf zu tun, all die Fragen zu beantworten, die zwei Knaben im Alter von sechs und acht Jahren immerfort an sie richteten. Sie saßen auf dem Kanapee, das vorn auf dem Wagen Platz gefunden, und schienen ein großes Wohlgefallen an der Fahrt zu haben. Ein zehnjähriges

Töchterchen, das an der Seite der Mutter den Weg zu Fuß machte, war ganz in das Anschauen der ihm fremdartig erscheinenden Berglandschaft versunken. Bald entlockte ihr der in den verschiedensten Färbungen prangende Wald, bald die den Hintergrund des Tales bildenden Bergriesen, die schon mit frischem Schnee bedeckt waren, laute Ausrufe des Entzückens; bald machte sie die Mutter auf eine sich aus dem Gebüsch erhebende Ruine oder auf die oben am Bergeshang zerstreut liegenden Hütten aufmerksam.

Wir überlassen die vier Personen ihren Betrachtungen und wenden uns den beiden Männern zu, um zu lauschen, über was sie so angelegentlich miteinander verhandeln.

»Ja, Ja, Martin,« hub der Fuhrmann eben wieder an, »Du wirst sehen, daß wir jetzt ganz andere Verhältnisse in D. haben als früher, und namentlich Dir, der Du so lange abwesend warst, wird es erst recht auffallen, daß die Zustände leider nicht besser, sondern schlimmer geworden sind.«

»Aber,« erwiderte Martin, »es ist mir doch, als ich beim Begräbnis meines Vaters war, aufgefallen, daß viele Häuser ein vorteilhafteres Aussehen haben als früher, daß auch einige neue freundliche Behausungen entstanden sind, ein neues Schulhaus ist ja auch gebaut worden, und es schien mir, als ob viele Leute am Sonntag viel besser gekleidet wären als früher. Alles das deutet doch auf einen vermehrten Wohlstand hin, und der kann nicht aus so mißlichen Zuständen entspringen, wie Du sie mir darstellst. Freund, ich glaube, Du siehst die Sache mit einer zu schwarzen Brille an!«

»Wenn Du aus den eben angeführten Veränderungen, die bei uns stattgefunden haben, den Schluß ziehst, daß mehr Geld vorhanden, also der Verdienst ein größerer geworden sei, so ist das im ganzen genommen richtig, obwohl damit noch lange nicht bewiesen ist, daß das für unsere Leute ohne weiteres einen Vorteil bedeute. Du weißt, wie einfach es früher in unserm Dorfe zuging. Die Leute bebauten ihre Wiesen und Aecker, hatten keine andere Erwerbsquelle als die Landwirtschaft und waren gesund und zufrieden dabei. Verdiente man weniger, so brauchte man auch weniger. Man kleidete sich in selbstgesponnene und gewobene Stoffe, die freilich nicht so schön waren als die heutige Fabrikware, sich dafür aber durch viel größere Haltbarkeit auszeichneten. Nachdem man die ganze Woche tüchtig geschafft hatte, freute man sich, den Sonntag als wirklichen Ruhetag feiern zu dürfen. Die einzige Wirtschaft, die es damals bei uns gab, hätte als solche für sich allein gewiß nicht rentiert, wenn nicht noch ein Kramladen damit verbunden gewesen wäre. Am Werktag ging – von einigen gewohnheitsmäßigen Schnapsern abgesehen – niemand ins Wirtshaus, und auch an gewöhnlichen Sonntagen war der Zulauf kein großer; nur an der Bsatzig*), in der Fastnacht und bei ähnlichen Anlässen ging es etwas höher her. Seit nun aber auch bei uns alles darnach trachtet, in der Hotelerie und bei der Fremdenindustrie Stellung und Verdienst zu finden, ist alles anders geworden. Du wirst staunen, wenn Du im Frühling die Völkerwanderung siehst. Die jungen ledigen Leute gehen sozusagen alle fort, und es gilt schon bald für eine Schande, im Sommer hier bleiben zu müssen. Aber auch genug verheiratete Männer sind den ganzen Sommer abwesend. Frauen, Kinder und Greise bilden der Hauptsache nach im Sommer die Bevölkerung unseres Dorfes. Da werden im Frühjahr vor dem Auszug die Aecker bestellt, die Wiesen gedüngt, überhaupt das Notwendigste gemacht, und alle Sommerarbeit – manchmal auch ein großer Teil der Herbstarbeiten – den Frauen und alten Leuten überlassen. Auch die Kinder, die den ganzen Sommer keine Schule haben, müssen tüchtig mit anfassen. Du kannst Dir denken, daß unter solchen Verhältnissen die

Landwirtschaft nicht sonderlich gehoben werden kann, weil alle Arbeiten nur notdürftig und oberflächlich gemacht werden. Aber auch die Familienbande lockern sich, und die Kindererziehung läßt vieles zu wünschen übrig.«

*) Wahl des Kreisgerichtes.

Martin, der ohne Unterbrechung den Worten des Fuhrmanns zugehört hatte, war etwas nachdenklich geworden und sagte dann: »Ich weiß, daß Du es gut meinst, und daß Deine Worte aus einem für die Heimat besorgten Herzen kommen; aber es nützt nun einmal alles nichts, die Zeiten lassen sich nicht ändern, was vergangen ist, kehrt nicht mehr. Das einzig Richtige ist, sich den einem ewigen Wechsel unterworfenen Verhältnissen so gut als möglich anzupassen; wer das am besten versteht, bleibt über Wasser und wird nicht Heimweh haben nach der guten alten Zeit. Wenn es der Fremdenindustrie gelungen ist, sich emporzuschwingen, oder wenn sie wenigstens das Bestreben hat, es zu tun, so soll man sie unterstützen; denn wo diese Industrie blüht, da bietet sie vielen Leuten Lebensunterhalt und Verdienst und stellt eine vortreffliche Absatzquelle für alle landwirtschaftlichen Produkte dar. Ich glaube, daß die besten Zustände da herrschen, wo die verschiedenen Erwerbsgruppen sich gegenseitig unterstützen und ergänzen. Freilich gehe ich mit Dir einig, daß es für unsere Verhältnisse nicht zum Nutzen ist, wenn fast unsere gesamte Jungmannschaft und natürlich gerade der intelligentere Teil derselben, ganz oder zeitweise auswandert, und wenn dadurch das Bebauen der heimatlichen Scholle mangelhaft ist und überhaupt fast jeder gesunde Fortschritt gehemmt wird. Doch ich denke, daß die Auswüchse dieser Art von Auswanderung von selbst eingehen werden. Die gesunden Elemente unserer Bevölkerung werden einsehen, daß auch manchmal das Los eines Hotelangestellten nicht ein sehr beneidenswertes ist, und daß man daheim im Kreise der Familie und bei landwirtschaftlicher Betätigung ein Leben führen kann, das weit mehr Befriedigung verschafft, als die abhängige und oft sehr aufreibende Tätigkeit in einem Hotel. Zu wünschen wäre es, daß einige Männer sich unserer Landwirtschaft annehmen und an deren Hebung arbeiten würden; das gute Beispiel würde andere hinreißen, und der Erfolg müßte ein bedeutender sein.«

»Ich sehe schon,« fiel der Fuhrmann wieder ein, »Du fassest alles von der leichten Seite auf, indessen möchte ich selbst nur wünschen, daß Du recht behalten möchtest und alles wieder von selbst ins richtige Geleise käme. Einstweilen sind viele unserer engern Landsleute zu bedauern, hauptsächlich auch deswegen, weil sie moralisch allmählich auf abschüssige Bahnen kommen. Das beweist schon das sich immer mehr entwickelnde Wirtshausleben unserer Dorfbewohner. Wo früher eine Wirtschaft kaum bestehen konnte, rentieren jetzt deren drei, wie es scheint, sehr gut. Nicht nur Wein und Branntwein wie früher, sondern auch Bier und allerlei fremde Liqueure, die man früher nicht einmal dem Namen nach kannte, werden jetzt ausgeschenkt. Das ganze gesellschaftliche Leben spielt sich jetzt im Wirtshause ab. Unsere jungen Männer, die im Sommer abwesend sind, finden es zu langweilig, die Winterabende im Kreise ihrer Eltern und Geschwister zuzubringen; sie glauben, es fehle ihnen etwas, wenn sie einmal abends nicht im Wirtshaus gewesen sind. Sollte es einmal den Eltern einfallen, einen halberwachsenen Jungen an Sparsamkeit und Häuslichkeit zu ermahnen, dann heißt es gleich: »Ich verdiene ja das Geld, und wenn es Euch nicht gefällt, kann ich im Winter auch fortgehen, denn ich bin mein eigener Herr und Meister und brauche mich nicht wegen jedem Glas Bier, das ich trinke, auszanken zu lassen.« Aber auch viele Familienväter fühlen sich zu Hause nicht wohl; Kneipen und Spielen ist auch bei ihnen an der Tagesordnung, und wohin das alles führen mag, kannst Du Dir leicht selbst vorstellen. Viele, die Jahresstellen haben, oder den Winter in südlichen Gegenden verbringen, kommen etwa einmal im Jahr, oder alle drei bis vier Jahre für einige Wochen in die Heimat, um sich zu »erholen«; diese drehen dann erst recht alles auf den Kopf, sie bestimmen gewöhnlich schon vorher eine gewisse Summe, die während der »Ferien« verklopft werden soll. Wenn man so lange Zeit, ohne sich einmal Ruhe zu gönnen, gearbeitet und dabei viel Geld verdient habe, dürfe man sich schon etwas zu gute tun, denken solche Leute; etwas müsse man vom Leben doch auch haben. Da werden denn allerlei Festlichkeiten arrangiert, es gibt Bälle, Ausflüge, Kneipgelage und dergleichen mehr. Teils weil jeder Genuß ohne passende Gesellschaft zuletzt langweilig wird, teils aus verwandtschaftlichen Rücksichten oder aus alter Freundschaft, teils aber auch aus purer Prahlerei oder Mitleid mit den »armen Schluckern«, die immer zu Hause bleiben und die heimatliche Scholle bebauen müssen, ergehen Einladungen an die nicht ausgewanderten oder sonst zufällig ortsanwesenden Bekannten, denen dann meistens, um nicht zu verletzen, oder um die willkommene Gelegenheit, auch einmal etwas mitmachen zu können, nicht unbenutzt vorüber gehen zu lassen, Folge geleistet wird. Es kommt sogar häufig genug vor, daß Jünglinge und Männer von der Arbeit weg ins Wirtshaus geholt werden. Da braucht man sich nun gewiß nicht zu verwundern, wenn bei den zum Hierbleiben verurteilten Handwerkern und Landwirten die Unzufriedenheit mit ihrem Geschick immer mehr sich ausbreitet, wenn bei ihnen gewisse Lüste und Leidenschaften wach werden, und wenn sich viele eine Lebensweise angewöhnen, die mit ihrem Beruf und ihrem Verdienst keineswegs in Einklang stehen.« So hatte sich der Fuhrmann in einen wahren Eifer hineingeredet, und die

Debatte zwischen den beiden Freunden wäre jedenfalls noch lange nicht zu Ende gewesen, hätte man sich jetzt nicht dem Dorfe genähert, welcher Umstand natürlich dem Gespräch ein Ende machte. Martin wendete sich seiner Frau und den Kindern zu, während der Fuhrmann vollständig von seinem Fuhrwerk in Anspruch genommen wurde.

Weil es gerade um die Mittagszeit war, als der Wagen über die holprige Dorfstraße fuhr, hatten die Leute Gelegenheit, sich den Einzug der Müllerschen Familie mit Muße anzusehen, und diese Gelegenheit wurde auch reichlich ausgenützt.

Während sich die Dorfjugend in der Straße aufstellte und so von ihrem Vorrecht, sich nicht genieren zu müssen, Gebrauch machte, standen die Alten unter den Haus- oder Stalltüren, schauten zu den geöffneten oder geschlossenen Fenstern heraus, und manche, welche sich nicht sehen lassen wollten, hatten sich hinter den Fenstervorhängen postiert. Die einen musterten mit kritischem Blick die Möbel, andere schienen sich für die Kinder zu interessieren, während wieder andere die Augen nur auf die Frau und ihre Kleidung gerichtet hatten.

Unterdessen hatte der Wagen seinen Bestimmungsort erreicht und hielt vor dem Hause, das fortan unsern Martin und seine Familie beherbergen sollte. Der Fuhrmann spannte die Pferde aus und zog mit ihnen ab, seiner nicht weit entfernt liegenden Behausung zu.

Einige Verwandte und alte Bekannte Martins hatten sich schnell eingefunden; sie boten sich zur Hilfeleistung beim Abladen der Möbel an, und einige Frauen zeigten sich bereit, so schnell als möglich für die leiblichen Bedürfnisse der Familie sorgen zu wollen, da alle, wie sie meinten, von dem ziemlich weiten Weg doch gewiß hungrig und durstig sein müssen. Martin dankte allen für den freundlichen

Willkomm und nahm gerne die dargebotene Hilfe an; denn er meinte, es sei gut, wenn abgeladen werden könne, so lange es noch Tag sei. Für das Essen aber sei bereits gesorgt, da der Fuhrmann sie alle schon unterwegs eingeladen habe. Er gedenke nur noch schnell seine Frau und die Kinder durch das Haus zu führen und dann der Einladung Folge zu leisten, damit dann schnell mit dem Unterbringen des Hausrates begonnen werden könne.

Elise, so hieß die Gattin Martins, zeigte sich sehr erfreut, nun einmal eine geräumige Wohnung zu besitzen, in welcher man sich viel besser einrichten konnte als in den engen Mieträumen, auf die man vorher beschränkt war. Die vom Vater ererbten Einrichtungsgegenstände, zusammen mit den mitgebrachten Mobilien, mußten eine Ausstattung geben, an welche die bescheidene Frau vorher nie hatte denken dürfen.

Martin durchschritt mit einer gewissen Wehmut die ihm so wohlbekannten Räume, wo alles ihn an seine Jugendzeit und an die nun heimgegangenen Eltern erinnerte.

Wir überlassen es nun den Leutchen, ihr Mittagessen einzunehmen, ihre Habseligkeiten abzuladen und sich notdürftig einzurichten, und wollen unterdessen einen Rundgang durch das Dorf machen, um die herrschenden Zustände etwas näher kennen zu lernen.

D. liegt an einem Abhang nach Süden, so daß es von rauhen Nordwinden vollständig geschützt ist. Dieser glücklichen Lage ist es jedenfalls auch zu verdanken, daß trotz der bedeutenden Höhe ein ziemlich ausgedehnter Obstbau betrieben wird. Namentlich die unter der von Ost nach West sich durch das Dorf ziehenden Hauptstraße gelegenen Häuser sind fast ganz in dem Obstbaumwalde versteckt. Die Wohnhäuser und Ställe sind meistens mit Schindeln gedeckt und gewähren in ihrer unregelmäßigen

Gruppierung einen pittoresken Anblick. Die Gassen und Plätze sind nicht gerade unsauber, doch machen sich auch hie und da die braunen Bächlein bemerkbar, die von den Düngerstätten abfließen und wenig Sparsinn der Bauern verraten. Manche der Häuser lassen es deutlich erkennen, daß ihre Besitzer in der glücklichen Lage sich befinden, etwas wagen zu dürfen zur Verschönerung und Verbesserung ihrer Wohnstätten. Abgesehen von dem frischen Verputz, sehen wir dort ein neues Ziegeldach, hier neue Fensterstöcke mit entsprechenden Fenstern, an einem andern Hause ist sogar ein kleiner Balkon angebracht. Auch einigen größeren und kleineren Neubauten begegnen wir beim Durchschreiten der Hauptstraße. Wir vermuten, daß in diesen neuen und frisch renovierten Behausungen jene Glücklichen wohnen, denen es gelungen ist, fern von der Heimat, in den verschiedensten Lebensstellungen, sich ein schönes Stück Geld zu verdienen, und die nun sich teils aus dem Getriebe der großen Welt in ihr stilles Heimattal zum Ausruhen zurückgezogen, teils aber noch mitten im Strudel des Erwerbes stecken und nur hin und wieder einmal für kurze Zeit nach D. kommen, um sich etwas zu erholen von den Anstrengungen ihres Berufes. Dieser Umstand läßt uns auch begreifen, warum die Fensterläden vieler Wohnungen geschlossen sind, ein Zeichen, daß diese leer stehen.

Mitten im Dorfe, wo auf einem freien Platze ein Brunnen steht, der aus zwei Röhren das geräumige Brunnenbett mit klarem Quellwasser speist, steht das Gasthaus zur Post, mit dem Postbureau, Laden und einer kleinen Gaststube im Parterre. Einige Fuhrleute, die hier den Pferden eine kurze Rast gönnen, schneiden Brot in die Futtertröge, schütten etwas Hafer aus den mitgebrachten Säcken dazu, um sich dann zu einem Glase Wein in die Gaststube zu begeben. Sonst ist es um diese Zeit hier ruhig und von weiteren Gästen nichts zu bemerken. Es herrscht überhaupt eine gewisse Stille im Dorfe; die Kinder sind in der Schule, die Erwachsenen aber bei dem schönen Wetter meistens auf dem Felde beschäftigt. Machen also auch wir einen Gang vor das Dorf, um die Leute bei ihren Erntearbeiten zu beobachten.

Wir kommen jetzt auch an der Kirche vorbei, die auf einer kleinen Anhöhe liegt und mit ihrem spitzen Turm und den hohen gemalten Fenstern einen freundlichen Eindruck macht. Dicht neben der Kirche liegt das Pfarrhaus, und vor demselben finden wir den einzigen wohlgepflegten Garten, dem wir bis jetzt in D. begegnet sind. Auf einer dem Zaune entlang führenden Rabatte blühen feurigrote Dahlien, und gelbe und weiße Winterastern beginnen ihre Blütendolden zu entfalten, gut entwickeltes Gemüse harrt der Einwinterung und an der Hauswand bemerken wir schöngezogene und mit Früchten vollbehangene Zwergbäume. So gewährt denn das Pfarrhaus mit seinen blank geputzten Fensterscheiben, durch welche die Blüten einiger Topfgewächse zwischen den blendendweißen Vorhängen herausschauen, inmitten der freundlichen Umgebung einen höchst einladenden Anblick.

Zu äußerst im Dorfe und nicht weit voneinander entfernt, finden wir die zwei vom Fuhrmann genannten neuen Wirtschaften, das Gasthaus zum Freihof und das Restaurant National. Der Besitzer des letzteren ist jedenfalls ein Wirt, der es mit seinem Berufe ernst nimmt und es versteht, die Gäste heranzulocken und es ihnen bei ihm so angenehm als möglich zu machen. Neben dem im Châletstil erstellten Hause befindet sich eine kleine Gartenwirtschaft und eine Kegelbahn, aus der das Rollen der Kugeln und lautes Gelächter an unser Ohr dringt, als Beweis, daß auch heute eine lustige Gesellschaft sich mit Kegelspiel die Zeit vertreibt.

Gleich hinter den Wirtschaften liegen rechts und links von der Landstraße einige Aecker, da und dort im Wiesland zerstreut. Weil die Kartoffeln hier die wichtigste Feldfrucht ausmachen und jetzt gerade die Zeit der Ernte ist, so herrscht reges Leben auf den Feldern. Ueberall sehen wir die kleinen Bergwagen, zum Teil schon mit gefüllten Säcken beladen, an den Ackergrenzen stehen. Die Kühe, welche als Zugtiere dienen, weiden daneben in der Wiese. Die Leute arbeiten emsig; man sieht es ihnen an, daß es ihnen sehr darum zu tun ist, bei dem schönen Wetter möglichst viel auszurichten. Uns, denen die Verhältnisse fremd sind, fällt es auf, daß wir so wenige Männer an der Arbeit sehen und die ganze Arbeit der Kartoffelernte fast ausschließlich von Frauen besorgt wird. Es fällt uns aber das Gespräch zwischen Martin und dem Fuhrmann ein, und wir vermuten, daß die Fremdensaison noch nicht zu Ende und die meisten der männlichen Bewohner infolgedessen noch abwesend seien. Die verschiedenen Aecker lassen auch auf den ersten Blick die Unterschiede in der Art und Weise der Bewirtschaftung deutlich erkennen. Während einige Stücke rein von Unkraut sind, zeigen sich auf andern meterhohe Stauden von Melden und andern Unkräutern, welche durch reichlichen Samenansatz dafür gesorgt haben, daß auch für ihre Verbreitung im nächsten Jahre der Grund gelegt ist. Eine Frau fand es sogar für zweckmäßig, das Unkraut zuerst abzumähen, um das Ausgraben der Kartoffeln leichter vornehmen zu können.

So ist es denn über unsern Betrachtungen allmählich spät geworden, der Rauch der verbrannten Kartoffelstauden vermischt sich mit der Dämmerung zu einem leichten Nebel; da und dort sieht man bereits die Kühe einspannen und zum Heimweg rüsten. Auch für uns wird es Zeit, zu unserer Zimmermannsfamilie zurückzukehren, die wir in ihrem neuen Heim zurückgelassen haben. Der kurze Rundgang hat uns belehrt, daß die Verhältnisse in D. im ganzen nicht besser und nicht schlimmer sind als an andern

Orten, daß es auch hier zu loben und zu tadeln gibt wie allerwärts. Wenn aber der Fuhrmann von Martins Habseligkeiten heute morgen der Ueberzeugung Raum gab, daß die Auswanderung und das Streben nach Hotelstellen, im Umfange wie beides heute besteht, in landwirtschaftlicher und allgemein moralischer Beziehung einen ungünstigen Einfluß auf die Zustände in D. ausübe, und daß dieser Uebelstand nicht ganz aufgehoben werde durch die Erhöhung des Verdienstes und den Zufluß reicherer Geldquellen nach D., so müssen wir ihm ein wenig recht geben.

II.

Im Müllerschen Hause war alles in reger Tätigkeit, besonders Frau Elise tat sich in ihrer Eigenschaft als Hausfrau tüchtig hervor. Mit sicherem Blick ordnete sie das Plazieren der verschiedenen Möbelstücke so an, daß jedes Stück gleich an den richtigen Platz kam und nicht nachher alles wieder von einem Zimmer ins andere gebracht werden mußte. Noch bei vollständiger Tageshelle war alles unter Dach gebracht und die schwerste Arbeit getan.

Begreiflicherweise herrschte im ganzen Hause noch eine große Unordnung, und bis Kisten und Körbe ausgepackt und jede Kleinigkeit ihren Platz gefunden, waren noch einige Tage erforderlich.

Elise ließ es sich nun vor allem angelegen sein, die Küche so in den Stand zu stellen, daß es ihr möglich war, selbst zu kochen und sie nicht mehr nötig hatte, fremde Hilfe in Anspruch zu nehmen. Schon beim Einpacken hatte sie auf diesen Umstand Bedacht genommen und alles so eingerichtet, daß die verschiedenen Gegenstände leicht gefunden und sofort benützt werden konnten. Die kleine Marie ging der Mutter fleißig an die Hand, und bald stand auf dem Tisch eine kräftige Mahlzeit, der dann auch – zum erstenmal im neuen Heim – von allen Seiten tüchtig zugesprochen wurde. Als dann auch in den Schlafzimmern alles soweit in Ordnung war, daß man die Betten benutzen konnte, begab sich die ganze Familie zur Ruhe. »Es tauge nichts,« meinte Martin, »wenn man sich noch länger abmühe; es gehe dann alles viel leichter morgen, wenn man die Nacht gut ausgeruht habe. Zudem komme man doch bei Licht mit solcher Arbeit nicht so recht vom Fleck, das gehe doppelt so schnell, wenn das Tageslicht einem helfe.«

So ruhig wie am ersten Tage wurde auch an den folgenden gearbeitet, bis das ganze Haus von oben bis unten in Ordnung war. Als auch die letzte Verrichtung, das Befestigen der Fenstervorhänge, beendigt war, da freuten sich Martin und Elise wie die Kinder und fühlten sich froher und glücklicher in ihrem kleinen Hause, als ein Fürst in seinem Palaste.

Das freundliche Aussehen, das Martins Häuschen nun erhalten hatte, als auch Elisens Topfpflanzen vor den blitzblanken Fenstern ihren Platz gefunden hatten, veranlaßte nicht nur manchen Vorübergehenden zu kurzem Stehenbleiben und Hinaufschauen zu den heruntergrüßenden Blumen, welche die kurze Zeit, die ihnen der Herbst noch gewährte, durch reiches Blühen ausnützen zu wollen schienen, sondern erregte auch – namentlich bei einigen Nachbarinnen Elisens – den Wunsch, einmal einen Blick hineinwerfen zu dürfen in die innere Häuslichkeit der Müllerschen Familie. An Vorwänden für allerlei Besuche fehlte es nicht, und so sah sich denn Elise – namentlich wenn Martin in seinen Geschäften abwesend war – häufig in Gesellschaft von Bewohnerinnen D's, die ihr bald in dieser, bald in jener Angelegenheit ihre

Aufwartung machten.

Elise ließ sich durch solche Visiten in ihren häuslichen Verrichtungen gewöhnlich nicht stören, erteilte aber gerne Auskunft, wenn eine solche von ihr verlangt wurde und sie imstande war, eine solche zu geben. Sie müßte auch keine Evastochter gewesen sein, wenn sie sich nicht gefreut hätte über das Lob, das ihr hin und wieder bei solchen Gelegenheiten gespendet wurde. Elise verdiente aber dieses Lob auch, besonders wegen ihrer Reinlichkeit und ihrem strengen Ordnungssinn, der sich auch in dem kleinsten Winkel ihres Hauses bemerkbar machte. In der Küche glänzte und blitzte alles. Auf einem Gestell, welches mit ausgezacktem Papier belegt war, war das etwas ungleiche Geschirr so geordnet, daß dieser Mangel kaum bemerkbar war, wie es Elise überhaupt verstand, ihre im ganzen ja sehr einfache Einrichtung so herauszuputzen und in ein solches Licht zu stellen, daß alles mehr vorstellte, als es eigentlich in Wirklichkeit war. Der kleine eiserne Herd und der Fußboden aus Steinplatten waren stets so sauber, als wenn sie gar nicht gebraucht würden. So war es in der freundlichen Wohnstube, in den gut gelüfteten Schlafzimmern und hinauf bis auf den Dachboden.

Den Nachbarinnen gefiel das alles sehr wohl, wenn auch einige meinten, es sei für gewöhnliche Leute nicht notwendig, daß alles so glänze, daß man sich drin spiegeln könne; von dem ewigen Putzen, Wischen, Abstauben habe man nicht gegessen, das müsse man den Herrenleuten überlassen, die hätten Zeit und Geld für solche unnützen Sachen. Die Elise würde es auch bald bleiben lassen, wenn sie im Feld und im Stall herum hantieren müßte; aber die habe es lange gut, sie könne den ganzen Tag in der Stube sitzen, indem das bißchen Hausarbeit schnell gemacht sei. Das werde aber schon noch anders kommen, der Martin verrechne sich allweg mit seinem Verdienst; im Winter könne ein Zimmermann auch nicht jeden Tag etwas verdienen und dann werde es bei den teuren Zeiten wohl ohne den Nebenverdienst der Frau nicht ausreichen, um fünf Mäuler zu stopfen. Solche Redensarten bedeuteten aber nichts anderes, als eine schlechtangebrachte Verdeckung des Neides und der Unzufriedenheit mit dem eigenen Los.

Manche der Frauen, die mit Elise in Berührung kamen und sie ganz aufrichtig wegen ihrer musterhaften Ordnung und Reinlichkeit im Hauswesen lobten, ließen durchblicken, daß sie das gerne auch hätten, aber die Fülle der landwirtschaftlichen Arbeiten, die auf ihren Schultern ruhe, lasse sie nicht dazukommen, alles so im Stande zu halten, wie sie es gerne möchten. Fremde Leute zu halten, das sei viel zu teuer, und außerdem bekomme man auch gute landwirtschaftliche Arbeiter selbst um hohen Lohn nicht mehr. Die Männer und zum Teil auch die Töchter seien gezwungen, auswärts Verdienst zu suchen, weil das »Bauern« nicht mehr so rentiere, um ein gesichertes Auskommen zu haben. Da müsse man sich halt nach der Decke strecken und die Verhältnisse nehmen wie sie seien.

Bei Gelegenheit solcher Gespräche hielt dann auch Elise nicht hinter dem Berg mit ihren Gedanken und machte durchaus kein Hehl daraus, daß ihr die Verhältnisse in D. gar nicht gefallen. Sie führte dann ihre Heimat als Beispiel an, indem sie auseinandersetzte, daß man im Unterland auch Landwirtschaft treibe, daß sie ja selbst die Tochter eines Bauern sei, aber es falle dort niemanden ein, den Frauen und Töchtern die schwerste Arbeit sozusagen allein aufzubürden; solche besorgen die Männer schon selbst und die Frauen seien in erster Linie zur Führung des Hauswesens da, was dann freilich nicht ausschließe, daß auch sie zu gewissen Zeiten tüchtig in Feld, Wiese und Weinberg mit Hand anlegen müssen. Daß unter Umständen die Frauen auch beim Erwerb mithelfen sollen, sei ganz recht, aber man dürfe nicht vergessen, daß eine tüchtige Hausfrau auch indirekt viel mehr verdienen könne, als man im allgemeinen annehme. »Rechnet nur aus,« sagte sie einmal zu zwei Nachbarinnen, mit denen sie über diesen Gegenstand zu reden kam, »wie viel müßte ich der Schneiderin und dem Schneider geben, wenn ich die Kleider für mich und die Kinder nicht selbst anfertigen könnte. Mein Vater hat nicht gesagt, daß ich keine Zeit habe, als ich einen Zuschneidekurs besuchen wollte; er wußte, daß die Zeit gut angewandt sei. Schaut, da habe ich gerade meinem Manne ein Paar Pantoffeln gemacht, auch das habe ich in wenigen Tagen in einem Kurs gelernt. So ist es noch mit vielen Sachen, und es ist deshalb unrecht zu glauben, daß ich nichts verdiene, wenn ich nicht gerade Mist führe und Erde schaufle wie ihr andern. Mein Mann hat mir schon versprechen müssen, einen kleinen Garten anzulegen und damit hoffe ich dann viele Auslagen zu sparen, indem ich darin Gemüse ziehe, so daß wir das ganze Jahr genug davon haben. Wir sind an den Genuß der verschiedenen Gartengemüse gewöhnt und haben sie als gesunde und billige Nahrungsmittel schätzen gelernt. Selbst das Putzen und Waschen trägt noch etwas ein. Die Reinlichkeit ist wie nichts anderes geeignet, den Krankheiten vorzubeugen und Seife und Bürsten sind viel billiger als die hohen Doktorrechnungen. Durch gute Ordnung nutzen sich alle Dinge weniger ab, man spart also Geld und hat obendrauf weniger Arbeit, als wenn alles in Unordnung herumliegt und oft allein mit Suchen nach Dingen, die irgendwo verlegt sind, sehr viel Zeit verloren geht. Das einzige was mir vielleicht nichts einbringt, sind meine Blumen; aber ein Vergnügen muß der Mensch doch auch haben. Die Pflege meiner Topfpflanzen gewährt mir Erholung von meiner Arbeit, und weil diese Freude sehr wenig kostet, so mag man mir dieselbe wohl gönnen.«

Diese und ähnliche Auseinandersetzungen von seite Elisens waren geeignet, die Frauen von D. zu überzeugen, daß bei ihnen manches anders sein könnte, als es war, und sie begannen die »Unterländerliese« – wie man unsere Elise in D. kurzweg nannte – zu beneiden. Es war deshalb kein Wunder, daß man immer mehr von ihr sprach. Freilich hatte das keine weitere Aenderung zur Folge, als daß die Unzufriedenheit bei den Frauen wuchs und die Männer infolgedessen manchen Vorwurf zu hören bekamen über die ungerechten Zumutungen der Männer. Diese waren deshalb nicht gut auf Elise zu sprechen und meinten, sie wäre besser im Unterland geblieben, als da herauf zu kommen und ihren Weibern die Köpfe zu verdrehen. Die Frauen glaubten zuletzt selbst, daß an der Sachlage nichts zu ändern sei; sie stellten, teils um des lieben Friedens willen, teils weil ihre Neugierde über die häuslichen Verhältnisse Elisens befriedigt war, den Verkehr mit ihr nach und nach ein, und alles blieb vorerst beim alten.

Elise ihrerseits hielt das Verhalten ihrer Nachbarinnen für Hochmut. Sie hatte sich schon von Anfang an nicht aufgedrungen und wollte das auch ferner nicht tun, obwohl sie sich eine Zeitlang in dem Gedanken gefallen hatte, etwas beitragen zu können zur Verbesserung des harten Loses vieler Frauen von D.

Die einzige Person, welche die Bestrebungen der Unterländerliese nicht verkannte, sie vielmehr zu unterstützen trachtete, war der Pfarrer. Er war in der Gegend aufgewachsen und kannte die Verhältnisse genau. Die sozialen Uebelstände, die nach und nach in der Talschaft eingerissen, hatte er mit schwerem Herzen bemerkt, war aber unfähig, ihnen zu steuern, da es ihm an tatkräftiger Hilfe mangelte. Es war ihm deshalb sehr willkommen, als er das schöne Familienleben im Müllerschen Hause bemerkte, und er sagte sich gleich, daß ein solches Beispiel nicht ohne wohltätigen Einfluß bleiben könne. Als ihm Elise nun klagte, wie alle Nachbarinnen sich voll Hochmut von ihr abgewandt und ihre guten Absichten mißdeutet haben, da lächelte er nur und meinte, das werde schon wieder anders werden. Ein wenig sei sie vielleicht auch selbst schuld, weil sie den hier herrschenden Verhältnissen zu wenig Rechnung getragen habe. Es gehe nicht an, die hiesigen Frauen auf einmal zu Unterländerinnen umformen zu wollen. Um Besserung erzielen zu können, müsse man die Ursachen kennen, aus welchen die ungünstigen Zustände entsprungen seien. Indem man dann durch gutes Beispiel zeige, daß diesen mit Erfolg entgegengetreten werden könne, werde man Frauen und Männer für durchgreifende Reformen gewinnen. Er möchte ihr den Rat geben, mit allen Leuten freundlich zu sein, ihren Nachbarinnen gegenüber nicht als Besserwisserin und Lehrmeisterin aufzutreten, und namentlich das Unterland als Beispiel ganz aus dem Spiel zu lassen. Die Verhältnisse seien dort zu verschieden im Vergleich zu den hiesigen. Die Landwirtschaft leide unter der großen Güterzerstückelung, dem allgemeinen Weidgang und andern ungünstigen Einflüssen, von denen man im Unterland nichts wisse derart, daß es nur zu natürlich sei, wenn andere sich bietende Erwerbsquellen bereitwillig ausgebeutet werden. Die landwirtschaftliche Lage sei zwar nicht derart, daß keine Besserung mehr zu hoffen sei, im Gegenteil, es zeige sich schon Tendenz zu einer solchen; aber es brauche Zeit und Geduld und Männer, die sich mit ganzer Kraft der Sache widmen. Vor allen Dingen gelte es, die Leute so gut als möglich an die Heimat zu fesseln, und das geschehe am besten durch die Bande der Familie. Hier müsse man vor allen Dingen veredelnd eingreifen, und hier rechne er auch am meisten auf Elisens Hilfe.

Martin hatte vollauf zu tun. Große Unternehmungen waren es vorderhand freilich nicht, mit denen er sich beschäftigte; denn es waren meist nur kleinere Reparaturen, mit denen man ihn betraute, und die man vielfach aufgeschoben hatte, um sie von Martin ausführen zu lassen, weil in D. vorher kein Zimmermann ansässig war. Es waren das alles Arbeiten, die kein großes Betriebskapital erforderten und doch einen sichern Verdienst abwarfen. Das war ganz im Sinne Martins; denn er wollte nur nach und nach sein Geschäft vergrößern.

Zufrieden und vergnügt ging er seiner Arbeit nach. Die Sonntage und die nun immer länger werdenden Abende verbrachte er in seiner Familie. Schon hie und da hatten alte Freunde versucht, ihn in diese oder jene Gesellschaft hineinzuziehen, ihn zu einem Kegelabend einzuladen, zu einem gemütlichen Jaß aufzufordern oder sonst, eine Gelegenheit vorschützend, ihn ins Wirtshaus zu ziehen; freundlich aber entschieden lehnte er jedesmal ab. Viele sahen in ihm deshalb einen erbärmlichen Pantoffelhelden, der nach der Pfeife seiner Frau tanzen müsse. Weil sie keinen Sinn hatten für das Glück einer stillen Häuslichkeit und eines durch nichts getrübten Familienlebens, hielten sie die Anhänglichkeit Martins an seine Familie für eine nicht ganz freiwillige, und während ihn einige bemitleideten, meinten andere, es geschehe ihm ganz recht; warum habe er diese Unterländerin geheiratet, er hätte eine aus der Talschaft nehmen können, dann hätte er nicht nötig gehabt, innerhalb seiner vier Wände Trübsal blasen zu müssen.

Martin, dem natürlich solches Gerede auch zu Ohren kam, lächelte nur darüber; ihm war es gleichgültig, was andere Leute in dieser Beziehung über ihn dachten. Nur als es einmal einer wagte, sich ihm gegenüber direkt mißbilligend über Elise zu äußern, indem er sagte: »Es schaut gewiß nichts dabei heraus, wenn in einer Familie, die nicht reich ist, die Frau nichts als putzt und wascht, sich und die Kinder stets in frische Kleider steckt, die doch schnell wieder schmutzig werden. Das ist gut für Herrenleute, die Geld genug haben, aber für einen gewöhnlichen Handwerker oder Bauer paßt das nicht; ich wenigstens möchte es mit so einer Frau nicht machen; ich wüßte nicht, wo Geld genug auftreiben, wenn mein Weib, statt auf dem Feld und im Stall zu arbeiten, nur immer ans Kochen, Putzen und Waschen denken würde, wie es die Liese tut.« Da konnte er sich denn nicht enthalten, dem Manne ziemlich aufgebracht zu erwidern.

»Du denkst wahrscheinlich nicht daran,« hub Martin seine Entgegnung an, »daß Du da meiner Liese die größte Lobrede gehalten hast; denn ich bin ihr z. B. sehr dankbar, daß sie auf Reinlichkeit bei den Kindern hält; ist es doch mein Stolz, daß sie so gut geraten; nichts trägt mehr zum Verderbnis von Leib und Seele bei, als Schmutz und Unreinlichkeit. Gerade so ist es mit dem Schmutz auf den Böden und an den Fenstern; denn wo derselbe auf den Geräten liegen bleibt, bleibt er auch gerne im Herzen und in den Gedanken liegen; und Du so wenig wie ich, hast je durch eine schmutzige Scheibe ein fröhliches Gesicht schauen sehen. Daß mein Weib vollends keine Lumpen aufkommen läßt, däucht mir gerade das schönste an ihr; denn ich weiß nicht, ob lumpige Menschen lumpige Kleider machen oder lumpige Kleider lumpige Menschen; eines aber ist gewiß, daß sie stets bei einander sind. Deine Kathrine ist eine fleißige und brave Frau, der man gewiß nichts nachsagen kann; aber bedauert habe ich sie schon oft, wenn ich sie schon am morgen in aller Frühe im Stall und auf dem Miststock hantieren sah, während Du gemütlich drüben in der Post Deinen Schnaps trankst. Und dann, was meinst Du? Wie viel Seife und Bürsten ließen sich bezahlen aus dem Gelde, das Du abends und Sonntags bei Spiel und Wein verbrauchst? das würde noch so weit reichen, daß Du Dir eine Häuslichkeit schaffen könntest, in der es Dir weit besser als in der dumpfen Wirtsstube gefallen würde. Schau! wenn ich an den Feierabend denke, da geht mir meine oft schwere Arbeit nochmal so gut aus den Händen. Komme ich heim, so wartet meiner ein, wenn auch einfaches, so doch kräftiges und schmackhaftes Essen. Während mir mein kleiner Hans die Pantoffeln bringt, holt der Franz Pfeife und Tabak, die Zeitung liegt schon parat, und wenn ich so rauchend, plaudernd oder lesend im gut durchlüfteten und erwärmten Zimmer, im Kreise meiner Familie, von des Tages Mühen ausruhe, so danke ich jedesmal im Stillen meiner Liese, daß sie es versteht, mir ein Heim zu bieten, mit dem kein Wirtshaus der Welt den Vergleich aushalten kann.«

Der auf diese Weise von Martin Zurechtgewiesene wagte nichts mehr zu entgegnen und schlich sich wie ein begossener Pudel von dannen, innerlich denkend, daß der Zimmermann eigentlich recht habe, und daß es einen Versuch wert sei, die erhaltenen Ermahnungen sich nicht nur zu Herzen zu nehmen, sondern sie auch zu befolgen.

Mit den Arbeiten, die Martin ausführte, war man allgemein zufrieden. Es konnte eben leicht wahrgenommen werden, daß er wußte, als Handwerker nicht nur das Anrecht auf den Taglohn zu haben, sondern daß ihm auch die Pflicht zukam, etwas vollwertiges dafür zu leisten. Alle Arbeit ging ihm rasch aus den Fingern, wobei aber auch beim Kleinsten auf Genauigkeit und Dauerhaftigkeit gesehen wurde. So wurde Martin mit Aufträgen überhäuft, trotzdem er einen höheren Lohn verlangte, als mancher der andern Zimmerleute, mit denen man sich bis jetzt hatte behelfen müssen.

Weil Martin sich nur selten einmal im Wirtshaus blicken ließ, so waren diejenigen, welche einen Auftrag für ihn hatten oder in irgend einer Angelegenheit etwas mit ihm besprechen sollten, genötigt, ihn zu Hause aufzusuchen. So kam es nun immer mehr vor, daß am Abend oder an Sonntagen Leute im Müllerschen Hause vorsprachen. Merkwürdig war es dabei, zu beobachten, wie mancher, der nur das Geschäftliche schnell abtun wollte, um sich dann gleich wieder zu entfernen und vor Eile kaum die Türklinke aus der Hand ließ, der freundlichen Einladung zum Sitzen nicht widerstehen konnte und dann oft für mehrere Stunden nicht ans Fortgehen dachte. Das bewirkte der eigenartige Zauber, der von der Häuslichkeit Martins ausging, das freundliche Wesen Elisens und die ernsten und heiteren Gespräche Martins, der ein guter Gesellschafter war und mancherlei zu erzählen wußte.

Es läßt sich leicht begreifen, daß da mancher sozusagen gezwungen wurde, einen Vergleich anzustellen zwischen den anheimelnden, traulichen Verhältnissen in der Familie und in dem Heim Martins und denjenigen, die in seinem Hause herrschten. Andere konnten es zuerst absolut nicht begreifen, wie sie es, ohne die mindeste Langeweile empfunden zu haben, einen ganzen Abend oder Sonntag-Nachmittag haben aushalten können, in Martins Stube zu sitzen, ohne Karten und ohne Bier und Wein. Der eine oder andere merkte es dann vielleicht, daß er das auch in seiner Stube könnte, wenn es dort so behaglich wäre, wie bei Martin, und nahm sich dann wohl vor, einmal zu probieren, ob sich nicht in seinem Haushalt hie und da etwas ändern ließe. Sei dem wie ihm wolle; Tatsache ist, daß nach und nach mancher gestrenge Eheherr, der noch vor wenigen Wochen seiner Frau Vorwürfe machen wollte, wenn sie der Unterländerliese etwas nachmachen wollte, geradezu befahl, künftig mehr im Hause zu arbeiten und nachzusehen, daß es dort eine bessere Ordnung gebe, dabei aus freien Stücken von der Stallarbeit etwas mehr übernahm und manchmal sogar am Abend zu Hause blieb und mit der Frau einen Jaß machte, statt mit den alten Freunden drüben im Wirtshaus.

So begann sich ganz langsam, ohne daß es eigentlich jemand gewahr wurde, ein Umschwung in D. anzubahnen, ausgehend von dem Müllerschen Hause, wo Reinlichkeit und Ordnung waltete, und wo das schönste Familienleben jene Zufriedenheit schuf, welche Eltern und Kindern aus den Augen leuchtete.

III.

Der Winter, der diesmal seine strenge Herrschaft auch in D. geltend gemacht hatte, begann dem Frühling zu weichen. Ein lauer Föhn, im Bunde mit den kräftigen Strahlen der Märzsonne, hatte die mächtigen Schneemassen schon ein gutes Stück den Hang hinauf zum Schmelzen gebracht. Die Wiesen ob dem Dorfe begannen sich mit zartem Grün zu bedecken, in den Baumgärten blühten die Maßliebchen, und hie und da begann schon eine vorwitzige Primel ihre gelben Blüten zu entfalten. Die Zeit rückte allgemach heran, wo die Landwirte wieder ihre Arbeit draußen in Feld und Wiese aufnehmen konnten.

Unsere Liese freute sich, daß auch sie bald wieder hie und da das Haus verlassen und ihre Gartenarbeit aufnehmen könne. Schon im Herbst hatte Martin neben dem Haus zwei große, aber altersschwache Birnbäume gefällt und so einen freien und sehr günstig gelegenen Platz für einen kleinen Hausgarten gewonnen. Ebenfalls schon vor Anbruch des Winters wurde die Erde gut umgearbeitet und mit Dünger durchsetzt. Es hatte dann auch Tage gegeben, an welchen Martin seiner gewohnten Arbeit nicht nachgehen konnte; da wurde dann Holz vorbereitet für einen Gartenzaun und ein Gartenhäuschen, welche jetzt beide beinahe vollständig erstellt waren. Liese hatte an einer Geröllhalde unweit vom Dorfe geeignete Steine entdeckt, die für die Wegeinfassungen paßten; diese wurden jetzt mit dem Handwagen unter Beihilfe der Kinder herbeigefahren und den Wegen entlang so aufrecht eingegraben, daß die Erde nicht in die Wege hinausfallen konnte. Dann holte Elise auch noch Sand, den der Bergbach hie und da an seinen Ufern ablagerte, um die Wege etwa fünf Centimeter hoch damit zu bedecken. Die Einteilung des Gartens war höchst einfach ausgeführt. Rings um den Garten herum, sowohl dem Zaune, als dem Hause entlang wurde eine Rabatte angelegt, die 80 Centimeter breit war; auf dieser sollten gegen den Zaun hin allerlei Beerensträucher Platz finden. Die am Hause gelegene Rabatte, welche sehr geschützt und sonnig gelegen war, wollte Elise im Frühjahr teils als Anzuchtsbeet für frühe Setzlinge, teils zur zeitigen Aussaat von Schnittsalat, Kresse, Radieschen u. s. w. benützen. Ein Mittelweg, der von der hintern Haustüre zum Gartenhäuschen führte, teilte den Garten in zwei Hälften, während ein anderer, etwas schmälerer, rings herum führte und die Rabatte von den beiden Quartieren trennte.

Die notwendigen Sämereien hatte Liese schon beizeiten aus einer größeren Samenhandlung kommen lassen, und als nun die Erde etwas abgetrocknet und sonst alles vorbereitet war, ging es an das Umgraben und Ausebnen des Bodens; es wurden Beete abgeteilt und solche Gemüse ausgesät, die von der Kälte nicht so schnell leiden. Die Kinder mußten bei dieser Arbeit helfen, und bald lag der Garten in schönster Ordnung da. Die Sicherheit, mit welcher unserer Liese diese Verrichtungen durch die Hand gingen, ließ leicht erkennen, daß sie mit den Gartenarbeiten vertraut war. Sie hatte auch in der Tat schon als kleines Mädchen von der Mutter Anregung zu allerlei leichten Beschäftigungen im Garten erhalten, und als sie dann später an einem Gemüsebaukurs teilgenommen hatte, wurde ihr der Garten sozusagen ganz allein zur Besorgung übertragen. Auch nach ihrer Verheiratung verfügte sie über einen kleinen Hausgarten, wo sie dann erst recht nach ihrem eigenen Willen schalten und walten konnte. Ihr Gärtchen war denn auch immer ein wahres Schmuckstück gewesen; denn sie hatte nicht nur immer die schönsten Gemüse gehabt, sondern auch ihre Blumenrabatten hatten manchen der Vorübergehenden gezwungen, stehen zu bleiben und einen bewundernden Blick über den Zaun zu werfen. Hier in D. hoffte sie nun, noch bessere Erfolge mit dem Garten zu erzielen; hatte sie ja doch schon bei der Anlage auf alles ihr Wünschenswerte Rücksicht nehmen können; auch war der Garten ihr Eigentum und sie brauchte also nicht zu befürchten, denselben nach einiger Zeit wieder andern Händen übergeben zu müssen.

Freilich wußte Liese wohl, daß nicht alles, was sie aus ihrem Garten zu machen gedachte, gleich im ersten Jahre möglich war. Sie wollte sich auch gerne mit manchem gedulden und zufrieden sein, wenn sie es nur soweit brachte, daß der Garten so viel Gemüse hervorbrachte, als sie für ihre Familie das ganze Jahr über notwendig hatte.

Martin und seine Familie waren so an den Genuß von Gemüse gewöhnt, daß sie kaum erwarten konnten, bis die erste Kresse geschnitten werden konnte, und als Liese an einem Sonntag die ersten Radieschen auf den Tisch brachte, da gab es besonders bei den Kindern großen Jubel.

Der neue Garten und besonders das Gartenhäuschen beim Müllerschen Hause hatte in D. wieder viel zu reden gegeben. Daß sich der Pfarrer mit solchen Sachen abgab, das war weiter nicht aufgefallen. Immer konnte er doch nicht innerhalb seiner vier Wände sitzen, und wenn er also zum Zeitvertreib sich im Garten beschäftigte, so konnte man ihm diese Liebhaberei wohl verzeihen. Er müsse ja auch nicht streng arbeiten – hieß es – und da schade es ihm nichts, wenn er zur Abwechslung von seinem Grünzeug esse. Spare er damit etwas an seiner Lebenshaltung, so sei das für alle gut, weil es ihm dann viel weniger in den Sinn komme, auf eine Gehaltserhöhung bei der Gemeinde zu dringen.

Mit ganz andern Augen verfolgte man hingegen die Bestrebungen von Martin und Liese. Daß ein einfacher Zimmermann, von dem man wußte, daß er nicht reich war, sich den Luxus erlaubte, einen Garten anzulegen und sogar eine Laube zu erstellen, das konnte niemand recht begreifen. Man glaubte in D. allgemein, daß Martin weit über seine Mittel hinausgehe. Wenn er bis jetzt auch einen guten Verdienst gehabt habe und Anzeichen vorhanden seien, daß derselbe nicht so bald nachlasse, so dürfe er doch nicht gleich daran denken, es den Herrenleuten nachmachen zu wollen und alles aufs feinste einzurichten.

»Wenn das sein Vater selig wüßte, wie jetzt mit dem ererbten Heimwesen umgegangen wird!« meinte einer. »Was war doch der Weibelhannes für ein einfacher Mann! Nie hat er einen Rappen umsonst ausgegeben, und kaum hat nun der Martin sich ins warme Nest gesetzt, so ist ihm auch nichts mehr gut genug; er tut gerade, als wenn er in der Fremde Wunder was verdient oder erheiratet hätte, während man doch gesehen hat, daß es mitunter auch recht alter Plunder war, den er mitbrachte, so daß er recht froh sein konnte, daß der größte Teil der Möbel vom Vater auch noch da war.«

»Ich wette,« meinte ein anderer, »daß Martin auch anders wäre, wenn ihm die Unterländerliese nicht ganz den Kopf verdreht hätte. Sie will jetzt einmal ihren Garten haben und dabei bleibt's! Aber, was gilt's, dem Martin werden schon die Augen aufgehen, wenn ihm erst einmal all das Kraut aufgetischt wird, das die Liese in ihrem Garten großzieht! Grünfutter ist gut fürs liebe Vieh; aber um die Arbeit eines Zimmermanns verrichten zu können, muß einer etwas anderes als Salat und Spinat im Magen haben.«

Wie es immer in der Welt zu gehen pflegt, daß man das Alte ob dem Neuen vergißt, so ging es auch hier. Als die Gartenangelegenheit und die vermeintliche Verschwendungssucht Martins genügend breitgeschlagen und durchgeklatscht war, begann man sich allmählich zu beruhigen. Die Arbeiten in Feld und Wiese wurden auch immer dringender, und bald ging jedermann an dem neuen Zaune vorüber, ohne etwas besonderes zu denken, ja einige Frauen begannen sich schon hie und da für die so regelmäßig aufgehenden Saaten zu interessieren.

Bald rückte wieder die Zeit des allgemeinen Auszuges heran; der größte Teil der jungen Männer, der Jünglinge und erwachsenen Töchter traten ihre gewohnten Saisonstellen an, und es wurde sehr ruhig in D.

Martin hatte für zwei Neubauten die Zimmerarbeit übernommen, und es fehlte ihm deshalb nicht an Beschäftigung. Neben den Hausarbeiten besorgte Liese die zwei kleinen Aecker, die sie mit Kartoffeln bepflanzt hatte, oder sie hatte im Garten irgend eine Verrichtung; war sie aber mit allem fertig, so saß sie in der Laube bei irgend einer Näharbeit. Die Kinder, welche jetzt im Sommer nicht mehr den ganzen Tag in der Schule zubringen mußten, halfen, wo sie konnten, nach Kräften mit. Die beiden Knaben zogen wohl auch mit einem leichten Wagen auf die Landstraße hinaus, um Mist zu sammeln, der dann an geeigneter Stelle zusammen mit allerlei Abfällen auf einen Haufen geschüttet wurde und Kompost für den Garten liefern sollte. Das gab den Leuten wieder frischen Stoff zu allerlei Gerede, und männiglich bemitleidete die »armen Buben«, welche stets barfüßig waren, und wie es schien, mit dem größten Vergnügen dem Geschäfte des Düngersammelns nachgingen. In D. war es nie der Brauch gewesen, barfuß zu gehen, und selbst die kleinen Kinder trugen auch im Hochsommer Schuhe und Strümpfe; deshalb fiel es auf, daß Liese ihre Kinder barfuß laufen ließ, und gleich hieß es: »Da sieht man es. Zu Hause ein solcher Luxus, und dabei haben die Kinder nicht einmal Schuhe, und sogar Mist müssen sie zusammenlesen. Es ist also bei Müllers doch nicht alles Gold, was glänzt, sonst müßten sie nicht am Notwendigsten sparen.«

Elise, der wohl hie und da von solchen abfälligen Redensarten etwas zu Ohren kam, kehrte sich nicht im mindesten daran. Sie merkte es an den roten Backen der Kinder, daß ihnen das Barfußgehen nicht schade. Mit Freuden sah sie auch ihren Komposthaufen zu immer größeren Dimensionen anwachsen. Sie betrachtete ihn als eine Sparbüchse, gespeist mit Kapitalien, die sonst nutzlos auf der Straße zugrunde gehen würden.

Die Gemüse in Lieses Garten standen prachtvoll, und als erst die verschiedenen Sommerblumen auf den Rabatten zu blühen begannen, da dachten sogar einige der Nachbarinnen, daß so ein Gärtchen doch unter Umständen eine angenehme Sache sei. Die eine oder andere der Frauen blieb hie und da am Zaune stehen, wenn Elise im Garten arbeitete, und hatte bald dieses, bald jenes zu fragen. Besonders suchten sie in Erfahrung zu bringen, wie dem Martin die Gemüsekost munde, und erstaunten nicht wenig, als sie hörten, daß er sich ja längst daran gewöhnt habe, und ohne Gemüse gar nicht mehr sein könnte. Freilich, erklärte ihnen Elise, müssen alle Gemüse auch gut und schmackhaft zubereitet werden, das sei gerade so notwendig als die richtige Kultur im Garten selbst. Sie rief auch manchmal diese oder jene der Frauen in die Küche, machte sie mit der Art und Weise des Kochens der Gartengewächse bekannt oder ließ sie die fertigen Gerichte probieren. Sie zeigte ihnen auch, wie sie Gemüse in Gläser einmache, um auch Vorräte für den Winter zu haben. Bald sahen denn auch die Nachbarinnen die Gartenkunst Elisens mit ganz andern Augen an, und manche begann, sich auch einen kleinen Garten zu wünschen.

Indessen waren es nicht nur Lieses Nachbarinnen, welche der Sache Interesse abgewannen, sondern auch in weiteren Kreisen wurde man auf das schmucke Gärtchen und seine Produkte aufmerksam.

Als einst ein Hotelbesitzer aus dem benachbarten Kurort F. mit seinem Wagen durch D. fuhr und in der Post einkehrte, bewunderte er die gut entwickelten Gemüse in dem Müllerschen Hausgarten und fragte gleich bei Elise an, ob sie nicht gewillt sei, ihm von ihren Gartenerzeugnissen etwas zu verkaufen; er sei bereit, gute Preise zu bezahlen, da es stets an frischen Gemüsen mangle. Er sehe sich genötigt, seinen ganzen Bedarf kommen zu lassen, und müsse da oft mit ganz minderwertiger Ware vorlieb nehmen. Sie bedeutete ihm, daß sie leider zum Verkauf nicht eingerichtet sei; daß sie aber ein anderes Jahr leicht auf einem Acker Gemüse bauen könne, und wenn er ihr Aussichten auf Absatz eröffne, so werde sie das auch ausführen. Der Herr war damit ganz einverstanden, und nachdem ihn Liese noch mit einem hübschen Blumenstrauße beschenkt hatte, fuhr er von dannen.

Es braucht wohl nicht besonders bemerkt zu werden, daß Elise ob den andern Arbeiten ihre Topfpflanzen nicht vergaß. Als sie im Frühjahr einmal in der Stadt war, hatte sie beim Gärtner noch einige junge Pflanzen von leicht zu kultivierenden Arten gekauft; diese gediehen jetzt prächtig und blühten zum Teil schon. Der Pfarrer hatte ihr einige

Ableger von jenen großblumigen Nelken geschenkt, die man im Kanton Graubünden in einigen Talschaften in oft prachtvollen Exemplaren bewundern kann. Diese bildeten nun ihren besondern Stolz, da sie schon im Unterland von diesen Riesennelken gehört, nie aber welche gesehen hatte. Elise besaß schon vorher einige hübsche, wenn auch kleinblumige Topfnelkenarten, und so konnte sie jetzt zwei Fenster gegen die Straße, wo die Sonne nicht so heiß hinbrannte, mit ihren Nelkenstöcken dekorieren. Diese Nelken bildeten nun einen besonderen Gegenstand ihrer Pflege; denn sie hatte von jeher eine große Liebhaberei für diese Blumen gehabt. Als dann aber die Blütezeit herannahte, sah sie sich auch reichlich für alle Mühe entschädigt. Die Pflanzen waren in Laub und Blüte wunderbar gut entwickelt, und weit herum waren keine solchen Nelken zu sehen.

Da geschah es eines Tages, daß eine reiche Familie aus Deutschland nach D. kam. Sie wollte nach F. reisen, es war aber unterwegs etwas an dem Wagen gebrochen, und somit gab es hier einen unfreiwilligen Aufenthalt, bis der Schaden wieder gut gemacht war. Nachdem die Fremden im Gasthaus eine Erfrischung genommen hatten, machten sie einen Spaziergang durch das Dorf und entdeckten dabei gar bald Elisens Nelkenstöcke. Ganz verwundert blieben sie unter den Fenstern stehen; denn solche Nelken hatten sie noch nie gesehen. Die junge Frau äußerte denn auch sofort den Wunsch, eine solche Pflanze zu kaufen, um sie mit nach Deutschland zu nehmen.

Elise war gerade in der Küche mit Konservieren von Gemüse beschäftigt und erstaunte nicht wenig, als die Herrschaft bei ihr eintrat; fast noch mehr erstaunt aber war sie, als sie hörte, daß sie einen ihrer Nelkenstöcke verkaufen sollte. Ganz unumwunden erklärte sie denn auch, daß sie diese Nelken nicht zum Verkaufen, sondern aus eigener

Liebhaberei gezogen habe. Das half indessen nicht viel, der Herr, welcher den Wunsch seiner Frau zu dem seinigen gemacht hatte, fuhr fort zu bitten; er versprach, gerne jeden verlangten Preis zu bezahlen und offerierte, als Liese noch zögerte, 15 Fr. für eine der großblumigen Pflanzen. Als Elise diesen Preis nennen hörte, meinte sie doch, es wäre eine Sünde, eine solche Einnahme von der Hand zu weisen. Sie willigte also in den Handel ein und erlaubte der Dame, unter sämtlichen Pflanzen diejenige auszuwählen, welche ihr am besten gefalle. So war denn die Sache zur allgemeinen Zufriedenheit geregelt, und während der Nelkenstock verpackt wurde, ermunterte die fremde Dame Elise, nur möglichst viele solcher Nelkenpflanzen zu ziehen, an Absatz werde es ihr gewiß nicht fehlen. Der Herr war der gleichen Meinung und versprach, einen ihm bekannten Blumenhändler in F. auf diese prachtvollen Blumen aufmerksam zu machen. Es sei ja gar nicht ausgeschlossen, daß dieser dann auch allerlei andere Blumen in D. ziehen lasse, sobald sich Elise nur entschließen könne, einen solchen Auftrag zu übernehmen. Diese dankte ihren Gönnern für das bewiesene Wohlwollen und versprach, die Sache überlegen zu wollen; es sei ihr selbst auch schon durch den Sinn gefahren, ob sie vielleicht nicht imstande wäre, mit Gemüse- und Blumenzucht ein hübsches Stück Geld zu verdienen. Sie erzählte dann von dem Besuch des fremden Hotelbesitzers und wie sie darauf den Vorsatz gefaßt habe, nächstes Frühjahr mit der Zucht von Gemüsen zum Verkauf beginnen zu wollen. Nun ihr auch Aussicht gemacht sei, Blumen und namentlich Nelken gut verkaufen zu können, so würde es vielleicht nicht schaden, auch damit einen Versuch zu wagen. Nachdem die Fremden versprochen hatten, Elise im nächsten Sommer wieder zu besuchen, nahmen sie Abschied, und der kleine Hans trug ihnen den gekauften Nelkenstock noch bis zum Wagen.

Martin war nicht recht einverstanden, als Elise ihm ihren Plan mitteilte, im kommenden Jahr einen kleinen Gemüseversand einrichten zu wollen. Er meinte, das verursache im Verhältnis zur Einnahme viel zu viel Arbeit, und es sei ja nicht notwendig, daß sich Liese über Gebühr anstrenge wegen einigen Franken, die vielleicht damit zu verdienen seien. Im Geheimen mochte er wohl Angst haben, daß Elise die Hausgeschäfte vernachlässige, wenn die vermehrte Gartenarbeit auf sie einstürme, und denken, daß es dann um die Gemütlichkeit in seinem Hause geschehen sei. Sobald deshalb Elise auf diesen Gegenstand zu sprechen kam, gab er ausweichende Antworten und suchte das Gespräch auf etwas anderes zu bringen.

Als ihm nun aber Elise die 15 Fr. für die Topfnelke aufzählte, da meinte er nun doch: »Ja, wenn solche Preise die Regel wären, würde ich Dir selbst raten, die Sache in etwas größerem Maßstabe zu probieren. Ueberhaupt glaube ich, daß bei der Blumenzucht mehr herausschauen dürfte, als beim Gemüsebau.« »Aber schau Martin,« entgegnete Elise, »ich kann ganz gut das eine tun und das andere nicht lassen. Manche Flickerei und andere Handarbeiten kann ich ganz gut auf den Winter versparen. Dann mußt Du bedenken, daß die Kinder größer werden und manches zu helfen imstande sind. Auch wirst Du verstehen, daß ich mich mit keinem Gedanken mit der ganzen Angelegenheit befassen würde, wenn ich denken müßte, deswegen auch nur das Kleinste der notwendigen Hausgeschäfte vernachlässigen zu müssen.« So ward denn der Widerstand Martins gebrochen, und es wurde endgültig der Beschluß gefaßt, nächstes Jahr regelrechten Gartenbau zu treiben und den Verkauf der erzielten Produkte an die Hand zu nehmen.

IV.

Der zweite Winter war für die Familie Müller wieder so ruhig verlaufen wie der erste. Liese hatte in verschiedener Beziehung aufs kommende Jahr vorgearbeitet. Fürs erste hatte sie sich mit allerlei Näharbeiten, mit Strümpfestricken und dergleichen derart beflissen, daß sie sich damit im Sommer – von etwa nötig werdenden Ausbesserungen abgesehen – nicht zu befassen brauchte. Dann hatte sie auch schon für das notwendige Packmaterial gesorgt. Ein Korbmacher erbot sich, allerlei größere und kleinere Körbe jetzt billiger zu liefern als im Sommer. Im Laden hatte sie passende Kistchen für den Blumenversand erstanden, und auch gebrauchte Packleinwand zum Uebernähen der Gemüsekörbe erhielt sie dort für billiges Geld.

Auch Martin war in seiner freien Zeit für das Gartengeschäft tätig. Im Herbst schon hatte er an einer geschützten Stelle im Garten einen Frühbeetkasten angebracht, denselben mit guter Erde gefüllt und gegen Frost gut bedeckt. Nun arbeitete er an den Fenstern und bald gingen sie ihrer Vollendung entgegen. Aus Gipslättchen wurden Schattengitter hergestellt, welche bei Aussaaten ins Frühbeet die grellen Sonnenstrahlen fernhalten sollten. Selbst einige Dutzend Ansteckhölzer zum Bezeichnen der verschiedenen Sorten hatte er an einigen der langen Winterabende angefertigt. So lag denn alles bereit, um beim ersten Frühlingszeichen mit dem Aussäen beginnen zu können.

Der Winter war dieses Mal ungewöhnlich streng und schneereich gewesen; als aber Ende Februar die Sonne schon ziemliche Kraft entfaltete, glaubte Liese nicht mehr länger warten zu dürfen. Sie deckte den Kasten ab, lockerte die Erde und legte die Fenster auf. Als dann nach einigen Tagen die Erde abgetrocknet war, säete sie Sellerie, Lauch, Salat, Blumenkohl, Wirsing und überhaupt allerlei Setzlinge, welche sie früh haben wollte. So folgten dann in kurzen

Abständen mehrere Aussaaten aufeinander, und als im März die Sonne und der Föhn den Schnee hinweggeschmolzen hatten, konnten die Arbeiten auch im freien Lande beginnen. Die Setzlinge im Frühbeet waren schnell auch zum Auspflanzen groß genug, und bald prangte der Garten wieder im schönsten Grün. Aber nicht nur im Garten, sondern auch auf dem Acker, wo Liese namentlich solche Gemüse gepflanzt und gesät hatte, welche einer weniger sorgfältigen Kultur bedurften, versprach es einen guten Ertrag zu geben. War also in Bezug auf die Gemüse alles in bester Ordnung, so berechtigten die Blumen nicht weniger zu den besten Hoffnungen.

Weil Liese im Herbst ihre Nelken so stark als nur möglich durch Stecklinge und Ableger vermehrt hatte, so besaß sie jetzt über hundert Stück, die mehr oder weniger Blütenstengel getrieben hatten. Da an den Fenstern natürlich nicht für so viele Pflanzen Platz war, so hatte Martin an einer halbschattigen Hauswand ein Gestell angebracht, auf welchem nun die in größere und kleinere Holzkistchen gepflanzten Nelken Aufstellung fanden. Im Garten befanden sich noch einige hundert Nelkenpflanzen, die Liese aus Samen gezogen hatte, und die nun hauptsächlich billigere Schnittblumen liefern sollten. Liese hatte einstweilen davon abgesehen, andere Blumen zum Verkauf zu ziehen; denn erstens wollte sie nicht zu viel auf einmal beginnen, und zweitens hatte ihr der Blumenhändler keine sehr verlockenden Preise in Aussicht gestellt.

Als Ende Juni die Fremdensaison allmählich in Gang kam, konnte endlich der Versand der Gemüse beginnen, und bald gingen auch die ersten Kistchen mit abgeschnittenen Nelken nach F. ab.

Es ist natürlich, daß sich das ganze Geschäft nur in sehr kleinem Rahmen bewegte; waren es ja nur zwei Kunden, an welche Liese ihre Produkte lieferte, nämlich der Hotelbesitzer, welcher voriges Jahr die erste Aufmunterung zum Gemüseversand gegeben, und der Blumenhändler, welchem der deutsche Kurgast Liese empfohlen hatte. Aber selbst diesen beiden konnte nicht genug geliefert werden. Die Art und Weise, wie sich der Versand vollzog war sehr einfach. Liese machte wöchentlich zwei Sendungen, bald größere, bald kleinere, je nachdem, was sie gerade abzugeben hatte. Sie brauchte also nicht auf Bestellungen zu warten, weil ihre Abnehmer alles verwenden konnten, sobald es nur schöne, vollwertige Ware war. Daran ließ es nun Liese freilich nicht fehlen; denn sie handelte nach dem Grundsatz, für ihre Kundschaft sei das Beste gerade gut genug. Für alles, was nicht von erster Qualität war, hatte sie im eigenen Haushalt ja gute Verwendung, und sie kam schon deswegen nicht in Versuchung, ihr Absatzgebiet durch unreelle Lieferung zu verscherzen.

Gerade der gewissenhaften und pünktlichen Bedienung war es zuzuschreiben, daß Liese für ihre Produkte einen schönen Preis erzielte. Trotz des verhältnismäßig kleinen Quantums, das sie absetzen konnte, hatte sie doch bis zum Herbst eine ganz hübsche Einnahme erzielt – die Nelkenblumen allein brachten ihr einen Erlös von über hundert Franken.

Nun lachte auch niemand mehr in D. über Lieses Liebhaberei für den Gartenbau; alles mußte vielmehr lobend anerkennen, daß sie es verstanden hatte, nicht nur notwendige Lebensmittel für den eigenen Haushalt zu pflanzen und mit ihren Blumen ihr Heim zu verschönern, sondern Gemüse- und Blumenzucht auch zu einer ergiebigen Einnahmsquelle zu gestalten.

Weil man Liese fast nie anders sah als im Garten oder mit ihren Blumen beschäftigt, so nannte man sie jetzt nur die

»Blumenliese«, und diesen Namen behielt sie fortan, weshalb auch wir sie nur noch so nennen wollen.

Hatten schon im vorigen Sommer einige Frauen den Wunsch gehegt, gleich wie die Blumenliese ein Gärtchen zu haben, so nahmen jetzt solche Wünsche eine bestimmtere Gestalt an. Man hoffte jetzt eher auf die Einwilligung der Männer, wo man ihnen nun doch schlagend beweisen konnte, daß ein Garten nicht einfach als ein Luxus zu bezeichnen sei, wie man bisher angenommen habe. Einige der Männer kamen denn wirklich auch den Frauen schon auf halbem Wege entgegen; denn auch sie waren hingerissen von den Erfolgen der Blumenliese.

Wenn die Anlage von verschiedenen Gärten nicht sofort an die Hand genommen wurde, so hatte das seinen Grund nur darin, daß niemand etwas von der Sache verstand. Man bestürmte deshalb die Blumenliese von allen Seiten mit den verschiedensten Fragen und Auskunftsbegehren. Diese freute sich natürlich, daß es ihr so schnell gelungen, die Leute für den Gartenbau zu begeistern, und ließ es an gutem Rat nie fehlen, wo solcher verlangt wurde. Indessen sah sie ein und äußerte sich gelegentlich darüber, daß es gewiß nicht gut werde, wenn jetzt alles über Hals und Kopf planlos sich auf den Gartenbau stürze, in der Meinung, damit in einigen Jahren reich zu werden; man sollte sich doch vorerst die allernötigsten Kenntnisse verschaffen und erst auf Grund derselben zielbewußt vorgehen.

Der Pfarrer war auch der gleichen Ansicht; er dachte, es müsse etwas geschehen, um einerseits die gegenwärtige Begeisterung nicht unbenützt vorübergehen zu lassen, anderseits aber die Leute vor einem Mißerfolg zu bewahren. Er beriet sich zu diesem Zweck mit einem der Lehrer, von dem er wußte, daß er ebenfalls ein Gartenfreund sei, und dieser meinte, es wäre am besten, in D. einen

Gemüsebaukurs abhalten zu lassen, an welchem dann die Leute Gelegenheit hätten, sich über die verschiedenen Fragen klar zu werden und sich grundlegende Kenntnisse zu erwerben, auf denen sie dann ihre Praxis aufzubauen imstande wären. Er selbst wolle sich der Sache annehmen, eine Versammlung im Schulhause einberufen und sehen, was sich dann weiter tun lasse.

Eine solche Versammlung fand dann auch richtig statt, und es ergab sich, daß eine genügende Anzahl von Frauen und Töchtern – sogar einige Männer hatten sich angemeldet – bereit waren, an einem Gartenbaukurs teilzunehmen. Der betreffende Lehrer stellte dann im Namen der Angemeldeten bei der Regierung das Gesuch um Bewilligung eines solchen Kurses, welchem Ansuchen auch gerne entsprochen wurde. Damit war die Angelegenheit einstweilen geregelt und in die richtige Bahn geleitet.

Als im Frühjahr die günstige Zeit herangerückt war, erschien der von der Regierung bestimmte Kursleiter und begann seine Unterweisungen. Er zeigte den Teilnehmern nicht nur, wie man einen Garten anlegen solle, wie man den Boden bearbeite, ihn verbessere und dünge, wie man säen und pflanzen solle, sondern wies auch auf die eigenartigen Verhältnisse in D. hin, Belehrungen anknüpfend, wie man dieselben am geeignetsten ausnützen könne. Er hob besonders hervor, daß es in erster Linie gelte, für die eigenen Bedürfnisse zu sorgen. An den Verkauf könne man erst denken, wenn man durch die Praxis die notwendige Routine erworben habe, welche erforderlich sei, um Gemüse erster Qualität zu ziehen; denn nur mit solchen könne der Verkauf andauernden Erfolg haben. Die Aussichten, daß D. Hauptproduktionsgebiet von Gemüsen für die benachbarten Kurorte werden könne, seien vorhanden. Indessen dürfe man nicht meinen, daß es sofort alle der Blumenliese gleichtun können. Sobald eben mehrere die Sache einander nachmachen, gebe es Konkurrenz; die Preise werden heruntergetrieben, und in einigen Jahren finde alles, daß sich in hiesiger Gegend der Gemüsebau nicht rentiere. Der Gemüsebau zum Verkauf könne, so wie die Verhältnisse liegen, nur dann ein befriedigendes Resultat zeitigen, wenn der Handel richtig organisiert werde, d. h. wenn man ihn genossenschaftlich betreibe. Diese Einrichtung ermögliche es allein, erstens hohe Preise zu erzielen, zweitens große Quantitäten liefern zu können und drittens auch dem kleinsten Gartenbesitzer die Möglichkeit zu bieten, sich am Verkaufe zu beteiligen.

Solche und ähnliche Belehrungen waren geeignet, die Teilnehmer für die Sache zu begeistern. Mit ganz andern Begriffen konnten sie jetzt, als der Kurs beendigt war, die Anlage ihrer Gärten an die Hand nehmen.

Soweit war nun alles so ziemlich im richtigen Geleise. In den neuen Gärtchen keimte und grünte es, daß es eine Freude war. Da und dort war schon der Spinat zum Schneiden groß genug, hie und da sah man schon ziemlich entwickelte Salatköpfe, und in einem Garten streckten schon die Erbsen ihre jungen Schötchen aus den abwelkenden Blüten hervor. Bald kam also der Zeitpunkt, wo man neben Fleisch und Kartoffeln auch etwas »Grünes« auf den Tisch stellen konnte. Die meisten der glücklichen Gartenbesitzerinnen sahen mit einiger Sorge diesem Ereignis entgegen; denn erstens beschlich manche ein banges Gefühl, wenn sie an die Zubereitung der Gemüse dachte. Andere aber fragten sich: »Was werden wohl die Männer dazu sagen?« Diese Sorgen waren berechtigt; denn weil Gemüse in den meisten Haushaltungen in D. etwas neues waren, so hatten die Hausfrauen und Töchter bis jetzt auch keine Gelegenheit gehabt, sich im Kochen der Gemüse zu üben. Den Männern aber steckte der Erfolg im Kopfe, den die Blumenliese mit dem Verkauf ihrer Gemüse erzielte. Als es aber hieß, man müsse vorläufig im eigenen Haushalt den Genuß der Gemüse einführen, da waren sie unzufrieden, und gerade die älteren Männer, welche im Sommer daheim geblieben, waren sehr hartnäckig; denn sie wollten sich in ihren alten Tagen nicht mehr an das »Grünfutter« gewöhnen, wie sie das Gemüse verächtlich nannten.

Es ging indessen alles viel besser als man meinte. Die Blumenliese mußte mit ihren Ratschlägen und Rezepten den mangelnden Kenntnissen in der Kochkunst nachhelfen, und als dann Erbsen, Spinat, Kohlrabi u. s. w. richtig zubereitet auf dem Tisch erschienen, da probierten aus purer Neugierde auch die Männer die bisher unbekannten Speisen, fanden sie zuerst leidlich, dann gut, und hatten bald nichts mehr dagegen einzuwenden, ein Zeichen, daß sie sich schnell daran gewöhnt hatten.

Indessen konnte schon wider Erwarten in diesem ersten Jahre von mancher der neugebackenen Gärtnerinnen ziemlich viel verkauft werden. Die Blumenliese wurde nämlich mit Bestellungen überhäuft und um manchmal einen guten Auftrag nicht zurückweisen zu müssen, kaufte sie da und dort schöne Gemüse zusammen und leitete so einen allgemeinen Gemüseexport aus D. ein.

Der Gemüsebau, den die Blumenliese unter so kleinen Verhältnissen begonnen hatte, nahm nun einen raschen Aufschwung. Schon im folgenden Jahre wurde eine Genossenschaft zum Zwecke des Gemüseversandes in größerem Maßstabe gegründet. Diese Gründung wurde besonders dadurch ermöglicht, daß ein junger, unternehmender Mann, der schon mehrere Jahre die Stelle eines Kontrolleurs in einem Hotel versehen hatte und also genaue Kenntnis, von dem was in einem Hotel gebraucht wird, besaß, die Leitung und den Verkauf der von den Genossenschaftern erzielten Produkte übernahm. Auch die Blumenliese trat dieser Vereinigung bei, und so geht denn in D. bis auf den heutigen Tag der Verkauf sämtlicher Gemüse nur durch eine Hand, nämlich durch die Genossenschaftsleitung. Es kann sich auch die ärmste Frau, die nur ein kleines Gärtchen hat, an dem Versand beteiligen; die einzelne Gartenbesitzerin braucht sich nicht um Absatzgebiete zu kümmern und der Preis wird nicht durch zu große Konkurrenz herabgedrückt.

Als man den großen Erfolg mit dem Gemüsebau sah, blieb man selbstverständlich dabei nicht stehen. Einige Frauen versuchten sich mit Glück in der Nelkenzucht. Ein denkender Bauer dachte, der Obstbau könnte jedenfalls auch noch viel einträglicher gemacht werden, wenn er etwas intensiver betrieben würde. Er bezog aus einer landwirtschaftlichen Bibliothek Bücher, holte sich auch persönlich von Fachleuten Belehrung, verbesserte seinen

Baumbestand durch Neupflanzungen und Umpfropfen und brachte dann durch rationelle Düngung und gute Pflege seinen Baumgarten zu so reichen Erträgen, daß ihm viele nachzuahmen begannen.

Jetzt sah man auf einmal ein, daß in D. auf landwirtschaftlichem Gebiet viel mehr zu machen war, als man früher annahm. Mancher, der vielleicht schon seit mehreren Jahren gewöhnt war, seinen Verdienst auswärts zu suchen und noch vor kurzer Zeit gewiß steif und fest behauptet hatte, daß es in D. einfach unmöglich sei, so viel zu verdienen, um anständig leben zu können, fing an ernstlich zu erwägen, ob es vielleicht nicht besser sei, zu Hause zu bleiben und nach irgend einer Richtung hin sich mit der Landwirtschaft abzugeben.

Weil man jetzt anfing, intensiver zu wirtschaften, den alten Schlendrian beiseite zu lassen und nach vollständig neuen Gesichtspunkten zu handeln, so mußten allerlei Verbesserungen die notwendige Folge sein. Die Feldwege wurden verbessert und neue angelegt, durch Kauf und Austausch suchte man die Güter zu arrondieren, und der allgemeine Weidgang wurde abgeschafft.

Freilich lief das alles nicht so glatt ab, und gegen manche Neuerung wurde heftig Opposition gemacht; aber als dann alles glücklich durchgeführt war, sah man allgemein den Nutzen ein. Man fühlte auch das Bedürfnis nach Belehrung in den verschiedenen landwirtschaftlichen Fragen. Es wurde deshalb ein landwirtschaftlicher Lokalverein gegründet, der namentlich im Winter eine regsame Tätigkeit entwickelte. Vorträge und Kurse über die verschiedensten Zweige der Landwirtschaft wurden abgehalten und die Wanderlehrer waren häufige Gäste in D. Zwei Jünglinge besuchten die landwirtschaftliche Schule. Einer war der jüngere Sohn Martins – der ältere war wie sein Vater Zimmermann geworden.

Alle die Veränderungen, die in den letzten Jahren in D. vor sich gegangen waren, wirkten auch günstig auf die moralischen Verhältnisse ein, und wer heute durch die Ortschaft wandert, erhält einen ganz andern Eindruck als früher. Die sauber gehaltenen Gärten, die gesunden, kraftstrotzenden Obstbäume, die blühenden Topfgewächse geben dem Dorf ein freundlicheres Ansehen. Die Männer haben die schweren Arbeiten längst den Frauen abgenommen. Infolgedessen sind sie so beschäftigt, daß sie nicht mehr Zeit haben, alle Tage ins Wirtshaus zu gehen, und geschieht es hie und da, so haben sie auch dort besseres zu tun als Karten zu spielen; denn es gibt öffentliche Angelegenheiten zu besprechen, über wichtige Projekte und Tagesfragen zu verhandeln etc. Die häuslichen Verhältnisse sind angenehmere geworden, und der veredelnde Einfluß eines glücklichen Familienverbandes macht sich immer mehr geltend. Die Auswanderung hat zwar nicht ganz aufgehört, aber sie beschränkt sich auf das richtige Maß. Dafür hat sich ein Stand von tüchtigen Professionisten am Orte gebildet, und die verschiedensten Handwerker aus D. sind auch in den benachbarten Dörfern geschätzt und geachtet.

Der alte Pfarrer, der noch immer in der Gemeinde amtiert, hat seine helle Freude an den Veränderungen, die in seiner Pfarrei vorgehen, und er behauptet steif und fest, daß man das alles nur dem gutem Beispiel der Müllerschen Familie zu verdanken habe, und namentlich die Blumenliese habe den deutlichen Beweis geleistet, wie sehr es auch heutzutage noch auf die Tüchtigkeit einer Frau ankomme. Man dürfe daher nicht außer acht lassen, die heranwachsenden Mädchen auf ihren zukünftigen Beruf vorzubereiten und sie vor allem zu guten Hausfrauen und pflichtgetreuen Müttern zu erziehen.

Martin meint zwar, der Pfarrer übertreibe mit seinem Lob, er und seine Frau hätten sich nicht besonders hervorgetan, sie seien vielmehr stets nur bestrebt gewesen, dafür zu sorgen, daß sie für ihre Verhältnisse möglichst zufrieden und sorgenlos haben leben können. Als ihnen das gelungen, haben es zwar andere nachzumachen gesucht; aber das sei noch lange nicht der Grund zu dem allgemeinen Umschwung gewesen; dieser sei vielmehr bedingt worden durch das Unhaltbare der Zustände, die man gehabt habe. Es habe einsichtige Leute genug gegeben, die Verbesserungen für unabweisbar hielten und sie auch durchführten.

Sei dem nun wie ihm wolle; Tatsache ist, daß die Bewohner von D. mit großer Achtung von der Blumenliese sprechen. Sie ist immer noch die gleiche bescheidene, tüchtige Hausfrau. Auch ihre Liebhaberei für Gartenbau und Blumenzucht hat sie bewahrt, wenigstens kann man sie häufig im Garten hantieren sehen, wenn man durch D. geht.

Auf dem Lindenbühl.

I.

In einem fruchtbaren Tale, durch welches sich ein breiter Fluß windet und dessen beide Flanken hohe Berge bilden, liegt auf einem Schuttkegel sehr malerisch gruppiert das Dörfchen Haldenburg.

Wer von der Landstraße, welche sich mitten durch das Tal, dem Flusse entlang dahinzieht, nach Haldenburg gelangen will, muß in ein Seitensträßchen einbiegen, das in einigen Windungen sich durch üppige Wiesen und wohlgepflegte Baumgärten den Hügel hinaufschlängelt, auf welchem das Dorf liegt.

Noch vor 10 Jahren führte dieser Weg in gerader Richtung, den sogenannten »Haldenburgerstutz« bildend, den Berg hinauf. Rechts und links waren halb zerfallene Mauern, in deren Trümmern hie und da Holunder- und Spitzbeerensträucher wucherten. Der Fußgänger, der die steile Straße hinaufkeuchte, mußte unwillkürlich daran denken, wie beschwerlich es sein müsse, das Heu und andere Produkte, aus den Gütern, die da unten in der Ebene liegen, ins Dorf hinauf zu schaffen. Die Haldenburger aber waren daran gewöhnt; denn seit Menschengedenken war es nicht anders gewesen. Wenn es je einem einfiel, ihnen den Rat zu erteilen, sich durch den Bau einer neuen Straße bequemere Verhältnisse zu schaffen, so wurde er ausgelacht und gefragt, wer da wohl die Kosten zu übernehmen hätte? Ob vielleicht die Gemeinde es tun solle? Die habe sonst schon Schulden übergenug. Die reichen Bauern werden sicher auch nicht in die Tasche greifen wollen; denn wenn eine Last zu schwer sei für ein Pferd, so spannen sie eben zwei an. Die armen Kuhbauern aber würden sich schon gar nicht an einem Straßenbau beteiligen wollen, der andern größeren Nutzen bringen müßte, als ihnen. Man sieht, die guten Haldenburger waren nicht so leicht für Neuerungen zu haben, sie meinten, was von alters her gut gewesen sei, müsse es auch ferner sein.

Dieses starre Festhalten am Althergebrachten machte sich denn in Haldenburg allenthalben geltend, und wer den steilen Stutz überwunden und sich, nachdem er den Schweiß abgetrocknet und ein wenig atemholend einen Blick auf das schöne Landschaftsbild, das sich hier einem darbietet, geworfen, dem Innern des Dorfes zuwandte, fand nicht gerade die einladendsten Zustände.

Die Dorfstraßen waren löcherig und kotig oder staubig, je

nach der Jahreszeit oder der Witterung, und namentlich die Umgebung der großen Brunnen, wo das Vieh zur Tränke geführt wurde, war derart, daß man sie in weitem Bogen umgehen mußte, wollte man nicht riskieren, im Moraste stecken zu bleiben. Es fehlten in Haldenburg zwar nicht einige massiv gebaute Bauernhäuser, mit allerlei unnützem Zierrat ausgeschmückt, welche den Reichtum der Besitzer protzig zur Schau stellten; aber auch da vermißte man die saubere Umgebung, welche auf den Fremden so einladend wirkt. Einen geradezu kläglichen Eindruck aber machten die Behausungen und Ställe der ärmeren Bauern. Schiefe Dächer, graue verwitterte Mauern, wackelige Fensterläden und trübe Scheiben, durch welche trübe Gesichter schauten, gaben Zeugnis von der wenig beneidenswerten Lage der Leute, die da hausten.

Gärten sah man wenig und gutgepflegte schon gar keine, statt dessen aber hart an den Straßen verschiedene größere und kleinere Miststöcke, umgeben von den obligaten braunen Pfützen, aus denen sich ganze Schwärme von Mücken und Fliegen erhoben, wenn man sich im Sommer ihnen näherte.

Rümpfte etwa ein Fremder über die Zustände in Haldenburg die Nase, so machte sich niemand etwas daraus; man war überhaupt nicht gut auf die Fremden zu sprechen, und man meinte, es sei das beste, wenn sie wegblieben. Nach diesem Grundsatz behandelte man auch die wenigen ortsansässigen Nichtbürger, die sogenannten Beisässe, denen man zwar großmütig einen guten Teil der Steuern aufbürdete, es ihnen aber furchtbar übel nahm, wenn sie auch einmal in die Gemeindeangelegenheiten hineinreden wollten.

Daraus sieht man schon, daß auch in der Gemeindeverwaltung verschiedenes faul war. Es hatte sich mit der Zeit in Haldenburg ein eigentliches Dorfmagnatentum herausgebildet. Weil die ärmeren Bauern von den reichen abhängig waren, so wurden selbstverständlich nur die letzteren in den Vorstand gewählt, und diese wußten es stets so einzurichten, daß sie dabei in erster Linie auf ihre Rechnung kamen; ein System, das, wenn auch langsam, so doch sicher zum Ruin der Gemeinde führen mußte, wenn nicht eine Aenderung eintrat. Eine solche Aenderung kam und sie war notwendig; denn der allgemeine Kredit hatte schon stark gelitten.

Wer heute Haldenburg betritt, dem bietet sich ein ganz anderes Bild als ehedem. Die Straßen sind sauber und gut im Stande gehalten; die Düngerstätten sind größtenteils hinter die Häuser verlegt worden oder, wo das nicht anging, doch wenigstens mit Mauern umgeben, und die Bauern haben jedenfalls indessen gelernt, die Düngemittel besser zu verwerten, als sie nutzlos auf der Straße zu Grunde gehen zu lassen. Hie und da sind kleinere und größere Hausgärten entstanden, die dem Ort zur Zierde gereichen. An vorher kahlen Wänden sieht man jetzt gut gezogene Spalierbäume, und an manchen Fenstern prangen schön blühende Topfpflanzen. Auch an der kleinsten Hütte sieht man, daß der Wohlstand gestiegen ist. Haldenburg wird jetzt von den Sommergästen als Ausflugspunkt geschätzt, und aus dem gut eingerichteten Gasthaus und dem reichhaltigen Ansichtspostkarten-Sortiment im Schaufenster des Krämerladens schließen wir, daß man heute das Geld sehr zu schätzen weiß, welches diese Fremden ins Dorf bringen.

Woher nun dieser auffallende Umschwung? Die nachfolgende Schilderung soll die verehrten Leser darüber aufklären.

Etwas abseits vom Dorfe liegt auf einem terrassenartigen Vorsprunge des Geländes ein kleineres Bauerngut. Zwischen dem zweistöckigen Wohnhaus, dessen Bauart ein schon hohes Alter verrät, und der gegenüberliegenden Scheune befindet sich ein geräumiger Hof, welcher von den mächtigen Kronen zweier Linden beschattet wird. Diesen majestätischen Bäumen hat das Anwesen seinen Namen »Lindenbühl« zu verdanken.

Wenn heute die blankgeputzten Fensterscheiben, das nett in Ordnung gehaltene Gärtchen und die ganze reinliche Umgebung des Gehöftes auf geordnete Zustände des Besitzers schließen lassen, so war das noch vor wenigen Jahren ganz und gar nicht der Fall. Damals gehörte der Lindenbühl einem Manne, der sich zwar auch Bauer nannte, sich aber in Wahrheit um den Stand seiner Wiesen und Aecker wenig kümmerte. Um der Arbeit besser ausweichen zu können, und um für sein Herumtreiben in den Wirtshäusern und auf den Märkten eine Ausrede zu haben, betrieb er den Viehhandel, der ihm aber häufiger Verlust als Gewinn einbrachte; denn auch beim Handel ist es mit hohlen Redensarten und prahlerischem Wirtshausgeschwätz nicht getan. Gewandtheit und Energie aber gingen ihm ab. So kam er immer mehr zurück, die Schuldenlast, welche auf seinem Heimwesen ruhte, wurde immer größer, und zuletzt kam es so weit, daß ihm alles versteigert wurde, und er mit seiner Familie im Hauszinse wohnen und als Taglöhner seinen Unterhalt verdienen mußte.

Den Lindenbühl erwarb nun ein junger Landwirt, der bisher auf einem größeren Gute eine Verwalterstelle innegehabt hatte, aber schon lange darnach trachtete, ein eigenes Heimwesen zu kaufen, auf dem er nach eigenem Gutdünken schalten und walten könne.

Johannes Wachter, so heißt der jetzige Bauer auf dem Lindenbühl, ist der jüngste Sohn eines sehr vermöglichen

Bauern, der einen großen Hof im Kanton Thurgau besitzt.

Weil Johannes sich schon in der Schule durch große Intelligenz und emsigen Fleiß im Lernen auszeichnete, so hätte es sein Vater gerne gesehen, wenn er sich hätte zum Studieren entschließen können. Es hätte dem alten Wachter geschmeichelt, wenn sein Jüngster dereinst Pfarrer, Arzt oder gar Advokat geworden wäre. Johannes wollte indessen davon nichts wissen, und er bat den Vater, ihn nicht in einen Beruf hineinzwingen zu wollen, zu dem er keine Neigung verspüre. »Ich bin bei der Landwirtschaft aufgewachsen,« sagte er, »und möchte auch beim Bauernstand verbleiben. Du hast ja schon oft selbst behauptet, daß ein rechter Bauer auch ein heller Kopf sein müsse; es widerspricht also Deinen eigenen Ansichten, wenn Du mich der Landwirtschaft entfremden willst, nur weil ich zufällig in der Schule etwas weiter voran bin als mancher andere. Schau, solche, die sich dem Studium zuwenden, gibt es schon genug; hingegen wird allenthalben geklagt, daß sich niemand mehr mit der Landwirtschaft abgeben will. Zeige deshalb, daß Du Deinen Beruf hoch hälst, und Deine Söhne das werden lässest, was Du selber bist, nämlich richtige, schlichte Bauern, die zeigen wollen, daß auch heute noch die Scholle ihren Besitzer nährt.«

Vater Wachter war wirklich ein Bauer, der, wie man sagt, mit Leib und Seele an seinem schönen Berufe hing. So konnte er nicht anders als Freude haben an solchen Aeußerungen seines Sohnes, und gerne gab er ihm die Einwilligung, ein Landwirt werden zu dürfen, obwohl er anfänglich der Meinung war, daß es genüge, wenn einer seiner Söhne sich dem Bauernstande widme, um dereinst den Hof übernehmen zu können. Es erfüllte ihn auch stets mit Stolz, daß Franz, sein Aeltester, in dieser Beziehung ganz seinen Wünschen entsprach. Zu Johannes aber sprach er: »Es fällt mir nicht ein, Dich zum Studieren zwingen zu wollen, wenn Du nicht Lust dazu hast, und daß Du gerade so große Neigung verspürst, ein Bauer zu werden, obwohl Dir im ganzen auch die Leiden und Unannehmlichkeiten, die dieser Stand mit sich bringt, bekannt sind, das freut mich; denn es gibt mir den Beweis, daß es Dir ernst ist mit Deiner Wahl. Wenn ich nun endgiltig Deiner Bitte Gehör schenke, so mußt Du mir auch versprechen, daß Du alles daran setzen willst, in allen Teilen ein rechter Bauer zu werden. Die heutige Zeit erfordert für unsern Beruf ganze Männer, die über ein vollgerütteltes Maß von Kenntnissen verfügen und dieselben mit Fleiß und Energie stets am rechten Orte anzuwenden wissen. Werde aber nicht nur ein rechter Bauer, sondern im ganzen ein guter, rechtschaffener Mensch; erfülle stets getreulich Deine Pflichten in der Familie, in der Gemeinde und im Staate. Es ist ein schwerer Irrtum, wenn mancher Bauer glaubt, er habe nur auf sich selbst zu schauen, die Interessen anderer aber gehen ihn nichts an. Manche schöne Ziele der Landwirtschaft lassen sich eben nur gemeinsam erreichen. Zeige deshalb stets einen gemeinnützigen und genossenschaftlichen Sinn und bedenke, daß Du, indem Du andern hilfst, Dir selbst auch Hilfe sicherst. Halte nie mit Erfahrungen und Beobachtungen hinter dem Berg; denn indem Du andere belehrst, arbeitest Du an der Hebung des bäuerlichen Berufes und kommst so selbst auf eine höhere Stufe. Auf politischem Gebiete verfechte stets die Sache der Landwirtschaft und halte treu zu ihrer Fahne; vertraue unsern Führern, sie meinen es gut und wissen, wo die Bauern der Schuh drückt. Mehr will ich Dir heute nicht sagen; es wird noch oft genug Gelegenheit geben, wo Dir meine väterlichen Ermahnungen und Winke nützlich sein können.«

Es wurde nun einstweilen nicht mehr viel über die Sache gesprochen, und Vater und Sohn betrachteten die

Angelegenheit als endgiltig beschlossen.

Als Johannes die Realschule seines Heimatortes absolviert hatte, verblieb er vorerst im väterlichen Hause, um unter Anleitung seines Vaters die wichtigsten landwirtschaftlichen Arbeiten gründlich kennen zu lernen. Diese grundlegende Praxis – so meinte Vater Wachter – sei notwendig, um mit Erfolg eine landwirtschaftliche Winterschule besuchen zu können.

»Ich halte nicht viel davon,« sagte er zu Johannes, »wenn Bürschchen, welche den Ernst der Arbeit noch nicht kennen, in solche Schulen eintreten. Auch den eifrigsten und fleißigsten dieser jungen Schüler wird es an dem notwendigen Verständnis für die theoretischen Wissenschaften fehlen, und sie werden nur zu oft geneigt sein, manches für nebensächlich und weniger notwendig zu halten, was doch für eine der heutigen Zeit entsprechende Praxis von großer Wichtigkeit ist. Die theoretische Bildung eines Landwirtes ist heutzutage von so großer Bedeutung, daß man sich ihr mit vollem Eifer widmen muß, und das kann nach meiner Ansicht nur dann geschehen, wenn man den Ernst des Lebens schon kennt. Lerne deshalb erst praktisch arbeiten, und Du wirst sehen, daß Du dann Deine Lehrer viel besser verstehen kannst, weil Du einsiehst, wie wichtig ihre Lehren für Deine spätere Praxis sind.«

Johannes sah ein, daß sein Vater recht hatte. Er gab sich Mühe, alle Arbeiten, die man ihm auftrug, richtig auszuführen und sich Uebung zu verschaffen. Oft genug kam es freilich vor, daß ihm selbst einfache Hantierungen nicht gelingen wollten. Da hieß es dann probieren, bis es ging. Bei solchen Gelegenheiten trat dann oft der Vater hinzu und machte ihn auf diesen oder jenen Vorteil aufmerksam, mit dem die Sache angefaßt werden mußte, und auf dessen Anwendung oft genug das Gelingen beruhte. Der alte Wachter bestand überhaupt darauf, daß alles gründlich gemacht wurde, und duldete auch bei seinen Söhnen nicht, daß sie über Ungenauigkeiten einfach hinweggingen. So sprach er einmal ermahnend zu Johannes:

»Schau, Du mußt Dich von Anfang an schon daran gewöhnen, alles recht zu machen. Halbe Arbeit ist keine Arbeit. Weil Du dieses oder jenes erst lernen mußt, wirst Du längere Zeit dazu gebrauchen; das schadet jedoch nichts, wenn's nur schließlich recht herauskommt. Ein großer Fehler aber wäre es, wenn Du schnell über eine Arbeit hinweg hasten würdest, nur um sie so schnell zu Ende zu führen wie ein geübter Knecht. Der Wert der Arbeit eines Lernenden liegt nicht in der Quantität, sondern in der Qualität. Wer sich das Pfuschen einmal angewöhnt, der bleibt sein Leben lang ein Pfuscher; ein solcher aber taugt in der Landwirtschaft so wenig als in jedem andern Beruf.«

Solche und ähnliche Ermahnungen und Lehren erteilte der Vater seinem Sohne stets, wenn sie miteinander arbeiteten oder am Sonntag einen Spaziergang durch Wald und Flur machten, und der Samen solcher Unterweisungen fiel bei Johannes auf einen fruchtbaren Boden. Er gewöhnte sich unter der väterlichen Leitung daran, über jede Arbeit nachzudenken und nicht nur mechanisch in den Tag hinein zu arbeiten. Wer ihm bei der Arbeit zusah, der merkte gleich, daß er mit Lust und Liebe dabei war, und mußte sich sagen, daß er das Zeug habe, um dereinst ein tüchtiger Bauer zu werden.

So waren denn zwei Jahre verstrichen und Johannes hatte in dieser Zeit in den meisten landwirtschaftlichen Arbeiten eine derartige Fertigkeit erlangt, daß er es bald mit einem tüchtigen Knecht aufnehmen konnte. Der Vater meinte, es wäre jetzt an der Zeit, daß sein Sohn eine landwirtschaftliche Winterschule besuche, und Johannes war mit Freuden dazu bereit.

Weil sein älterer Bruder schon früher die gleiche Schule besucht hatte, in die auch er nun eintreten sollte, so wußte er im großen und ganzen schon, wie es in einer solchen Anstalt zugeht; trotzdem aber fand er sich bei seinem Eintritt wie in einer fremden Welt. In gar vielen Sachen, in denen er zu Haus seine Eltern hatte sorgen lassen, fand er sich jetzt auf sich selbst angewiesen. Das Internat, die strenge Disziplin und Hausordnung, die pünktlich nach Minuten abgemessene Zeiteinteilung, die ganz andere Kost u. s. w. waren alles Dinge, die ihm ganz ungewohnt vorkamen. Johannes hatte sich indessen von Anfang an vorgenommen, sich in alles zu fügen, eingedenk des Sprichwortes: »Lehrjahre sind keine Herrenjahre«. Er war sich wohl bewußt, daß er noch vieles über sich ergehen lassen müsse, bis er ein rechter Bauer sei und selbständig nach eigenem Gutdünken schalten und walten könne.

So hatten denn der Direktor und die Lehrer an dem jungen Wachter einen willigen und gehorsamen Schüler, der sich ohne Murren in alles fügte und bald als Muster und Vorbild für die andern Schüler gelten konnte. Weil er einer der ältesten Schüler seiner Klasse war, sich durch seine großen Fähigkeiten und ein männliches Auftreten auszeichnete, so errang er sich, ohne daß er es eigentlich wollte, eine gewisse Autorität über seine Mitschüler und übte einen vorteilhaften Einfluß auf dieselben aus.

Johannes wollte die Zeit, die er in der Schule zu verbringen hatte, so gut als möglich ausnützen; er betrachtete deshalb das Lernen nicht als eine Last, sondern als ein wichtiges Mittel, sich zum brauchbaren Landwirt auszubilden.

Schon durch das, was im ersten Winterhalbjahr im

Unterricht geboten wurde, lernte er die Landwirtschaft von einer neuen Seite kennen, und als er nach wohlbestandenem Examen zunächst wieder auf das väterliche Gut zurückkehrte, schaute er alles mit ganz andern Augen an.

Unter fleißiger Arbeit verstrich der Sommer rasch, und Johannes freute sich, bald wieder in die Schule zurückkehren und das Studium von neuem aufnehmen zu können.

Der zweite Lehrkursus wurde mit dem gleichen Eifer absolviert wie der erste, und ausgerüstet mit einem guten Zeugnis und dem Abgangsdiplom der Schule, begleitet von den Glückwünschen des Direktors und der Lehrer, konnte der junge Wachter hinaustreten ins praktische Leben, um seine erworbenen Kenntnisse zu seinem Lebensunterhalte zu verwerten.

Sein Vater und auch der Direktor waren der Ansicht, daß es Johannes bei seiner Tüchtigkeit wohl wagen dürfe, irgend eine Stelle als Oberknecht oder Werkführer anzunehmen; doch Johannes wollte davon nichts wissen. Er meinte, es sei besser als einfacher Knecht anzufangen; denn um dereinst Dienstboten richtig behandeln und befehligen zu können, müsse er selbst ein solcher gewesen sein. Er habe sich vorgenommen, in allen Teilen ein richtiger Bauer zu werden, und da sei es notwendig, unten anzufangen. Seine Kenntnisse könne er als Knecht auch wohl gebrauchen, man klage ja immer über großen Mangel an tüchtigen Dienstboten.

So arbeitete denn der energische junge Landwirt in verschiedenen größeren und kleineren Betrieben mehrere Jahre als Knecht und lernte gar mancherlei Verhältnisse kennen. Mit eisernem Fleiß tat er überall seine Pflicht, freute sich am Angenehmen und fügte sich dem unabweisbaren Unangenehmen, das er sehr oft auch zu kosten bekam. Er merkte gar bald, daß wenn die Dienstbotenfrage in günstigem Sinne gelöst werden solle, auch von seiten der Arbeitgeber manche Reformen durchgeführt werden müssen, und nahm sich vor, darnach zu handeln, wenn er erst sein eigener Herr geworden sei.

Zuletzt diente Johannes auf einem großen Gute, dem ein Verwalter vorstand, der ein sehr tüchtiger Mann, aber etwas kränklich war und oft Mühe hatte, seinen Pflichten in vollem Umfange nachzukommen. Der Besitzer, der nur kurze Zeit des Jahres auf dem Gute anwesend war, wollte seinen treuen Beamten schonen und bevollmächtigte ihn, eine tüchtige Kraft zu seiner Unterstützung anzustellen. Als daher der Verwalter auf die Fähigkeiten seines Knechtes Wachter aufmerksam wurde, erhob er denselben zum Unterverwalter und stellte namentlich die ganze Feldwirtschaft unter seine Aufsicht.

Jetzt zeigte es sich, daß Johannes nicht nur gelernt hatte zu gehorchen, sondern wenn es sein mußte, auch zu befehlen verstand. Die Knechte und Taglöhner stellten sich willig unter seinen Befehl, weil er nicht mit Stolz und Ueberhebung auf sie herabsah und nicht nur Pflichten von ihnen verlangte, sondern ihnen auch diejenigen Rechte einräumte, die jeder Arbeiter von seite seines Arbeitgebers verlangen darf. Weil jeder das Gefühl hatte, daß das was man ihnen befahl, auch wirklich das Richtige sei, so wurde es auch ausgeführt ohne Widerrede und Murren.

Der Zustand des Verwalters verschlimmerte sich immer mehr und bald ruhte die ganze Gutsverwaltung auf den Schultern des Unterverwalters. Zeitweilig besorgte Johannes sogar die sämtlichen Bureauarbeiten, und es zeigte sich, daß er überall gleich tüchtig war. Man bemerkte an ihm nichts von jenem unsicheren Umherhasten. Zielbewußt wurden die verschiedenen Arbeiten in richtiger Reihenfolge durchgeführt, so daß stets alles zur rechten Zeit fertig wurde.

Es war eine Freude zu sehen, wie Johannes sich selbst durch die schwierigsten Verwaltungsgeschäfte verhältnismäßig leicht hindurcharbeitete und sich vollste Autorität zu verschaffen wußte, was jedenfalls nicht leicht war, wenn man bedenkt, daß er vorher einfacher Knecht gewesen und mit denen auf gleicher Stufe stand, die jetzt seinen Befehlen zu gehorchen hatten. Man sah da wieder deutlich, was sich durch richtigen Takt erreichen läßt.

Johannes war nicht nur bemüht, das Gut unter seiner Leitung auf gleicher Höhe zu erhalten, sondern er bestrebte sich auch, durch geeignete Verbesserungen den Ertrag zu steigern und den Wert der Besitzung zu erhöhen. Jetzt konnte er endlich seine praktischen und theoretischen Kenntnisse selbständig verwerten und seiner Freude am landwirtschaftlichen Berufe Genüge leisten.

Der Gutseigentümer sah denn auch gar bald ein, daß er in dem jungen Wachter eine sehr brauchbare Persönlichkeit gewonnen habe, und als der Verwalter seinen Leiden erlegen war, bat er Johannes, die Stelle, der er ja schon einige Zeit mit dem besten Erfolge aushilfsweise vorgestanden, nun definitiv zu übernehmen.

Dieser hatte zwar von Anfang den Plan gefaßt, einmal ein eigenes Gut zu erwerben, um unumschränkt nach seinem alleinigen Gutdünken schalten und walten zu können. Er dachte aber, als ihm sein Herr ein so vorteilhaftes Anerbieten machte, daß es bei seiner Jugend noch immer Zeit sei, sich selbständig zu machen. Dann sah er auch ein, daß er in seiner jetzigen Stelle noch manche wertvollen Erfahrungen sammeln könne, die ihm später im eigenen Betrieb von großem Nutzen sein könnten. So teilte er denn seinem Herrn ganz offen seine Absichten mit und sagte ihm, daß er seine Offerte dankbar annehme, wenn er sich einverstanden erkläre, ihn nach einigen Jahren ziehen zu lassen.

Der Gutsbesitzer mochte denken, es werde ihm im Laufe der Zeit noch gelingen, den jungen Wachter ganz an sich zu fesseln. Dieser willigte ein und wurde nun Verwalter des schönen Gutes, auf das er vor etwas mehr als einem Jahr als einfacher Knecht gekommen war.

Es ist hier nun nicht der Platz, die Laufbahn Wachters als Verwalter weiter zu schildern; nur eine Begebenheit, die in diese Zeit fällt, soll erwähnt werden, nämlich die Verehelichung Johannes und die Umstände, welche dieselbe vorbereiteten.

Seine Stellung brachte es mit sich, daß er häufig mit den benachbarten Bauern zusammenkam, sie auf ihren Höfen dieses oder jenes Geschäftes wegen besuchte, und weil der junge Verwalter bald überall als ein tüchtiger Landwirt bekannt war, der gerne von seinem Wissen auch andern mitteilte und stets mit gutem Rat zur Hand war, wo solcher gewünscht wurde, niemals aber sich wichtig zu machen suchte, oder gleich alles heruntermachte was ihm gerade nicht gefiel, so sah man seine Besuche gerne und trachtete, davon so viel als möglich zu profitieren.

Namentlich eines der Nachbargüter schien das Interesse Johannes in hohem Grade erweckt zu haben, wenigstens hatte er auffallend oft dort Geschäfte und bald wollten einige, welche gewohnt waren, ihre Nasen besonders tief in die Angelegenheiten anderer zu stecken, wissen, daß nicht allein der musterhafte Betrieb des Gutes und der leutselige Charakter der dort hausenden Bauersleute den Anziehungspunkt ausmache, und die Folge bewies, daß sie im Grunde nicht so unrecht hatten.

Gleich das erste Mal, als er wegen eines Ochsenhandels auf den besprochenen Nachbarhof kam, fiel ihm dort eine Magd auf, die zwar nicht gerade das darstellte, was man eine besondere Schönheit zu nennen pflegt, aber durch ihr munteres Wesen, durch die Art und Weise wie sie ihre Arbeit verrichtete und durch ihre bei aller Aermlichkeit doch sauberer Kleidung einen äußerst vorteilhaften Eindruck machte. Auf Johannes wirkte dieser Eindruck derart, daß er beschloß, dieses Mädchen möglichst zu beobachten und soweit das unauffällig geschehen konnte, auch Erkundigungen über sie einzuziehen. So erfuhr er denn, daß Marie – so hieß die Magd – die Tochter armer Taglöhnersleute aus einem benachbarten Dorfe sei. Die Eltern seien vor mehreren Jahren gestorben und infolgedessen sei die Tochter schon sehr früh darauf angewiesen gewesen, auf eigenen Füßen stehen zu müssen. So kam sie in den Dienst der Bäuerin und fand in ihr eine gute Lehrmeisterin, die sie in alles einführte, was eine Bäuerin wissen und kennen muß. Marie war eine gelehrige Schülerin und hatte sich nach und nach zur rechten Hand und wirksamen Stütze der Meisterin aufgeschwungen. Diese sowohl, als auch der Bauer waren voll Anerkennung über ihre Magd, und sie hielten auch nicht mit ihrem Lobe hinter dem Berge; denn sie glaubten nicht Angst haben zu müssen, daß der Herr Verwalter etwa dadurch bewogen werden könnte, Marie für seinen Dienst zu gewinnen; sie kannten ihn zu gut, als daß sie ihn zu einer solch eigennützigen Handlung für fähig hielten, und außerdem würde ja das Mädchen nie in ein solches Anerbieten eingewilligt haben. Daß es ihm gar einfallen würde, ihre Magd zu seiner Frau zu machen, das kam ihnen gar nicht in den Sinn; denn ein Mann in solcher Stellung, der zugleich der Sohn eines vermöglichen Großbauern sei, würde ja nach ihrer Meinung gewiß nicht die Torheit begehen, ein blutarmes Mädchen zu ehelichen.

Johannes indessen war von ganz andern Anschauungen beseelt; er fand durch seine Beobachtungen und Erkundigungen gar bald heraus, daß Marie in reichem Maße gerade diejenigen Eigenschaften besaß, die nach seiner Ansicht eine gute Bäuerin haben müsse. Daß sie arm sei, war in seinen Augen kein Grund, der ihn bewegen konnte, vor einer Heirat mit ihr zurückzuschrecken.

Der geneigte Leser hat unsern Johannes bereits als einen Mann kennen gelernt, der zwar alles reiflich überlegte, aber das als gut und richtig erkannte dann auch mit zäher Energie in Angriff nahm und durchführte. So handelte er auch in dieser Heiratsangelegenheit. Sobald er mit sich darüber im reinen war, daß er das Mädchen liebe und sie für ihn passe, so suchte er zu erfahren, wie es selbst in dieser wichtigen Angelegenheit denke; denn alles hing ja schließlich doch davon ab, ob Marie auch wirklich einwilligte, seine Frau zu werden. Er nahm sich also vor, bei nächster Gelegenheit mit ihr zu reden und ihr seine Hand anzubieten.

Eine solche Gelegenheit fand sich bald. Als er an einem der nächsten Tage bei seinem Nachbar vorbeiging, fand er Marie allein im Garten beschäftigt. Er trat zu ihr hinein und teilte ihr ohne Umschweife den Zweck seines Kommens mit. Er sagte ihr, wie sie schon bei der ersten Begegnung Eindruck auf ihn gemacht habe, und was er seither von ihr erfahren und an ihr beobachtet habe, sei dazu angetan gewesen, ihm Liebe und Achtung zu ihr einzuflößen. Er hoffe, daß auch sie ihn lieben lerne, und wenn sich diese Hoffnung erfülle, so wäre es sein sehnlichster Wunsch, daß sie seine Frau werde.

Man kann sich denken, daß Marie erstaunt war ob diesem unvermittelten Antrag. Sie sagte denn auch weder ja noch nein, sondern gab einfach zur Antwort, daß sie sich geehrt fühle durch das Anerbieten des Herrn Verwalters, aber sie habe bis jetzt noch gar nicht ans Heiraten gedacht, und eine solch hochwichtige Sache wolle gehörig überlegt sein. Auch müsse sie mit ihren Meistersleuten sprechen; denn weil sie ja keine Eltern und nahe Verwandte mehr habe, so seien das ihre einzigen Berater.

Johannes mußte einsehen, daß das Mädchen recht habe, er versprach, geduldig warten zu wollen und sich in einigen Tagen den Entscheid zu holen.

Als Marie wieder allein war, wollte es mit der Arbeit nicht mehr recht vorwärts; immer mußte sie an das Ereignis denken, das sie so unerwartet traf, und je mehr sie darüber nachgrübelte, wie sie sich nun verhalten solle, desto verwirrter wurde sie. Zwei Stimmen in ihrem Innern stritten um den Entscheid. Die eine sagte ihr, es sei ein großes Glück, daß sie als arme Waise für würdig befunden werde, einem so tüchtigen Manne, wie Herr Wachter, die Hand zur ehelichen Verbindung zu reichen, und daß es eine große Torheit genannt werden müßte, wollte sie ein solches Anerbieten von der Hand weisen, das anzunehmen manche reiche Bauerntochter sich keinen Augenblick besinnen würde. Die andere Stimme hingegen riet ihr, die Sache von der andern Seite zu betrachten und zu untersuchen, ob vielleicht nicht doch – trotzdem sie arm sei – Johannes bei seinem Antrag von eigennützigen Bestrebungen geleitet worden sei. Könnte er nicht am Ende auf ihre Arbeitskraft spekuliert haben, denkend, daß sie ihm eine Magd ersparen würde? Und könnte nicht gerade ihre Armut später der Anstoß zu allerlei Unzufriedenheiten werden? Alles dieses und noch mehr des Unangenehmen könne ja sehr leicht hervorgehen, wo so ungleiche Verhältnisse sich zusammenfinden, wie das ja tatsächlich bei ihr und Johannes der Fall sei. Ungetrübtes Eheglück könne jedenfalls aus einer solchen Verbindung nur dann hervorgehen, wenn die Ungleichheiten ausgeebnet werden durch eine wahre, uneigennützige Liebe. Aber liebte sie denn Johannes? Bis jetzt hatte sie ihn ja kaum gekannt, also konnte vorerst noch von Liebe nicht die Rede sein. Sie glaubte zwar, daß sie ihn lieben lernen könne, den schönen stattlichen Mann mit dem ernsten und doch sanften Blick, den sie schon so oft als das Muster eines tüchtigen Landwirtes hatte erwähnen hören. Wenigstens hatte sie eine hohe Achtung vor demselben, und das konnte immerhin der Anfang von der Liebe sein.

So von streitenden Gefühlen erfüllt, in tiefes Nachsinnen versunken auf die Hacke gelehnt, sah sie sich auf einmal von der Bäuerin ertappt, die unvermerkt zu ihr in den Garten getreten war.

Diese merkte gleich an der Verwirrung und an dem tiefen Erröten der Magd, daß etwas besonderes vorgefallen sein müsse, und auf ihre Frage erzählte denn auch Marie die ganze Begebenheit, sie zugleich um ihren Rat bittend in der für ihre Zukunft so wichtigen Angelegenheit.

Nun war das Erstaunen auf seite der Meisterin, und das erste, was ihr bei der Erzählung Maries durch den Kopf fuhr, war der egoistische Gedanke, ihre treue Magd verlieren zu müssen. Doch sprach sie diesen Gedanken nicht aus; denn die angeborene Gutmütigkeit und ihr Wohlwollen gegen Marie siegten schnell über den anfangs sich regenden Eigennutz. Ein wenig machte sich auch der Stolz bei ihr geltend in dem Gedanken, selbst am meisten dazu beigetragen zu haben, daß Marie das geworden war, was sie heute so begehrenswert erscheinen ließ.

»Liebes Kind,« sprach sie, »Du weißt, daß ich stets wie eine Mutter an Dir gehandelt und auch in dieser Sache gewiß nur Dein Bestes im Auge habe. So wirst Du es also auch nicht als eine leere Redensart betrachten, wenn ich Dir sage, daß Dir durch den Antrag des Herrn Verwalters ein Glück widerfahren ist, das Du nicht von der Hand weisen solltest. Deine Zweifel, die Du mir gegenüber geäußert hast, kann ich nicht gelten lassen. Es freut mich zwar, daß Du Dich nicht kopfüber, ohne zu überlegen, in die Ehe stürzen willst, aber gar zu bescheiden brauchst Du auch nicht zu sein. Wenn Du auch kein Barvermögen besitzest, so fallen dagegen andere Deiner Eigenschaften umso mehr in die Wagschale. Deine Treue, Deine Arbeitslust, Dein Sinn für Ordnung und Reinlichkeit und Dein munteres Wesen gelten in den Augen des Herrn Verwalters mehr als Geld und Gut und gerade das Vorhandensein dieser Wertschätzung solcher Eigenschaften bietet die beste Gewähr für Euer zukünftiges Glück. Mein Rat geht also dahin, Deine Zweifel niederzuschlagen und den Antrag anzunehmen, und ich glaube bestimmt, daß es Euch beiden so gut gehen wird, wie Ihr es in der Tat verdient. Mit meinem Glückwunsch will ich aber gleich eine Mahnung für Dich verbinden, die Du nicht vergessen darfst, sie lautet: Werde nicht stolz. Die Bescheidenheit, die als Magd Dich zierte, behalte bei auch als Frau Verwalter; nichts steht einer Bauersfrau, ob sie so oder anders tituliert werde, weniger gut an als der Stolz. Schaue nie mit Ueberhebung auf Deine Untergebenen herab, dann wirst Du von ihnen gerade so geachtet werden, wie der Herr Verwalter heute geliebt und geschätzt wird von seinen Dienstboten, in deren Mitte er einst selbst gedient hatte. Bedenke auch, daß es Deine Pflicht sei, namentlich auf jüngere Leute erzieherisch einzuwirken, ihnen mit dem guten Beispiel voranzugehen und sie so zu brauchbaren, braven Dienstboten zu machen. Es ist meine feste Ueberzeugung, daß der Mangel an guten landwirtschaftlichen Arbeitskräften nicht zum wenigsten daher rührt, daß keine solchen erzogen werden. Das, liebe Marie, sind einstweilen diejenigen Ratschläge, die ich Dir geben möchte, falls Du das Anerbieten annimmst und Frau

Verwalterin wirst.«

Auch der Bauer, als er von dem Vorfall Kunde erhielt, war der gleichen Meinung wie seine Frau; auch er sagte, daß das Zurückweisen eines solchen Antrages gleichbedeutend wäre mit einem leichtsinnigen Verscherzen seines Glückes.

So gab denn Marie dem Johannes ihr Jawort und knüpfte nur daran noch die Bedingung, daß auch seine Eltern mit seiner Wahl zufrieden seien; denn nie solle es auch nur den Anschein haben, als hätte sie sich in eine wohlhabende Familie hineindrängen wollen.

Johannes konnte ihr über diesen Punkt sofort zufriedenstellende Auskunft geben; denn schon bevor er bei Marie seine Werbung angebracht, hatte er seinen Eltern geschrieben und ihren Rat eingeholt.

Der alte Wachter, der mit Johannes von Anfang an etwas höher hinaus wollte, war mit dessen Wahl zuerst nicht ganz einverstanden, zuletzt mußte er aber selbst zugeben, daß Reichtum nicht diejenige Eigenschaft einer Frau ausmache, auf die zuerst gesehen werden müsse. Auch er schätzte die Tugenden, die Marie nach den Angaben seines Sohnes hatte, und namentlich für einen Bauer, als bedeutend wertvoller denn eine reiche Mitgift, und so meinte er selbst, daß sein Johannes glücklich werden könne mit der von ihm erwählten Braut, und gegen das Glück seiner Kinder wolle er nichts unternehmen.

So waren denn alle Hindernisse beseitigt, die Verlobung konnte gefeiert werden, und als Marie noch einen Kurs an einer Haushaltungsschule durchgemacht hatte, zog sie als Frau Verwalter auf dem Gutshofe ein.

II.

Johannes hatte mit seiner jungen Frau bereits mehrere Jahre das ihm unterstellte Gut verwaltet, und war in dieser Zeit so mit seinem Wirkungskreise verwachsen, daß er gar nicht mehr daran dachte, einen eigenen Hof zu erwerben. Das Verhältnis zwischen ihm und seinem Herrn war ein so schönes, daß es ihn nicht sonderlich drängte, seine gesicherte Existenz mit einer andern zu vertauschen.

Da trat auf einmal ganz unverhofft ein Ereignis ein, das seinem friedlichen Wirken einen argen Stoß versetzte.

Bei einem Unfall, den der Gutsherr erlitt, büßte dieser sein Leben ein. Seine drei Söhne beschlossen, das Gut weder zu verteilen noch zu veräußern, sondern es gelegentlich als Landaufenthalt zu benützen und sich in den Ertrag, den es abwarf, zu teilen.

So bekam Johannes nun statt eines Herrn deren drei, und zwar solche, deren Beruf weit ab von dem des Landwirtes lag. Wenn nun zwar auch keiner direkt in den Gutsbetrieb hineinregieren wollte, so hatte doch jeder Wünsche, die sich manchmal nicht mit der rationellen Bewirtschaftung in Einklang bringen ließen.

Es ist begreiflich, daß dieser Besitzwechsel manche Verdrießlichkeit für den Verwalter im Gefolge hatte, und Frau Marie bemerkte öfters, daß sich eine Wolke auf der sonst so heiteren Stirne ihres Mannes lagerte, die zu zerstreuen ihr mit all ihrem Liebreiz nicht immer gelang.

Als deshalb Johannes nach und nach wieder auf seinen alten Plan zurückkam, ein eigenes Gut erwerben zu wollen, unterstützte sie denselben lebhaft, und die Suche nach einem geeigneten Kaufobjekt begann.

An Angeboten fehlte es nicht. In allen Landesgegenden waren große und kleine Bauerngüter feil, und gar bald begann für Johannes die Qual der Wahl. Als Verwalter hatte er sich an große Verhältnisse gewöhnt, und es wäre deshalb nur zu natürlich gewesen, wenn er sich für einen größeren Betrieb entschieden hätte. Seine praktischen Erfahrungen und die Lehren, die er in der Schule erhalten hatte, waren indessen bei ihm zu tief gewurzelt, als daß er die Klugheit seinen persönlichen Liebhabereien geopfert hätte. Er sagte sich, daß der Grundsatz, die verfügbaren Mittel allein über die Größe des zu erwerbenden Gutes entscheiden zu lassen, der allein richtige sei.

So entschied er sich denn für den Lindenbühl. Johannes mußte zwar zugeben, daß dieser Besitz seine Vorteile und Nachteile hatte, aber er sagte sich, daß es ihm schwerlich gelingen könnte, ein Gut zu finden, an welchem es nicht das oder jenes auszusetzen gebe. Für den Erwerb des Lindenbühls sprachen hauptsächlich die geeignete Größe, die günstige Lage, der gute Boden und der verhältnismäßig billige Kaufpreis. Bei sofortiger Barzahlung behielt Johannes noch genügend Kapital, um das sehr vernachlässigte Anwesen wieder einigermaßen in den Stand zu setzen, die mangelhaften Einrichtungen zu ergänzen und den Betrieb rationell zu regeln.

Das alles hatte er genau überlegt und berechnet, und erst nachdem alles, was für und gegen den Kauf sprach, genau abgewogen war und sein Vater den Hof besichtigt und ebenfalls für den Erwerb eintrat, wurde die Angelegenheit perfekt.

Nach erfolgter Kündigung verließ er seine Stelle und siedelte nach Haldenburg über, um vom Lindenbühl Besitz zu ergreifen, und dort als selbständiger Bauer ein neues Arbeitsfeld zu eröffnen.

Vorerst kümmerte sich Wachter um nichts anders, als um sein Heimwesen, und da gab es wahrlich genug zu tun; denn, wie wir schon wissen, hatte der frühere Besitzer sehr

schlecht gewirtschaftet, zuletzt alles, was irgend anging, zu
Geld gemacht, das übrige aber verlottern lassen. Zum Glück
waren die Gebäude ziemlich gut im Stande; sie waren zwar
äußerst schlicht und einfach, und mancher Landwirt, der in
so guten Verhältnissen sich befunden hätte wie Johannes,
hätte sich gewiß mit dem Gedanken getragen, wenigstens
einen Teil der alten Bauten abzutragen und etwas schöneres,
der Neuzeit entsprechenderes an ihre Stelle zu setzen. Unser
Wachter aber begnügte sich, die notwendigen Reparaturen
durchzuführen. Er wußte, daß das Gebäudekapital bei der
Landwirtschaft das allerunproduktivste sei. Die alten Ställe
und Scheunen erlaubten ihm, das Vieh und die Produkte
gut unterzubringen, und das genügte ihm vollständig. Daß
das ganze von außen nicht gerade luxuriös aussah,
kümmerte ihn nicht so viel. Lieber als für Neubauten, wollte
er sein Betriebskapital dazu verwenden, den Boden
produktiver zu machen, und dadurch dafür zu sorgen, daß
er die alten Ställe und Vorratsräume wenigstens füllen
konnte.

Einigen Aufwand leistete er sich einzig bei der
Instandstellung seiner Wohnung. Da ließ er seiner Frau
freien Spielraum, wohl wissend, daß sie die richtige Grenze
einhalten werde zwischen unnötigem Luxus und
unangebrachter Sparsamkeit.

Nach dem gleichen Prinzip wie bei der Renovation der
Gebäude verfuhr Johannes bei der Einrichtung seines
ganzen Betriebes. Praktisch und gut unter Verpönung jeden
Luxus, das war auch hier sein Grundsatz.

Dem jetzigen Ertrag des Gutes entsprechend, füllte er
seinen Stall mit leistungsfähigem Vieh, bei dessen Ankauf er
nicht knauserte. Später gedachte er durch Anlegung von
Kunstwiesen und durch eine rationelle Düngerwirtschaft
den Futterertrag bedeutend zu steigern und

dementsprechend den Viehstand zu vermehren. Die vorhandenen Geräte und Betriebseinrichtungen waren größtenteils sehr mangelhaft und unzureichend. Da wurde denn alles so ergänzt, daß nicht unnötige Arbeitskraft verschwendet werden mußte, und zugleich eine Arbeit geleistet werden konnte, die einen vollen Erfolg erhoffen ließ. Großes Gewicht wurde auch darauf gelegt, Einrichtungen zu treffen, um die erzielten Produkte bestmöglich verwerten und alles gut ausnützen zu können.

So stellte denn das Gehöft unseres Wachter bald, trotz aller Einfachheit und Schlichtheit, ein Bauerngut dar, das ganz den Anforderungen der Neuzeit entsprach, das bei der herrschenden Ordnung und Sauberkeit einen wohltuenden Eindruck machte und vorteilhaft abstach von der im Dorfe herrschenden Unordnung und Nachlässigkeit.

Die Haldenburger verfolgten alles, was auf dem Lindenbühl vorging, mit Mißtrauen, und wo man von Wachters redete, geschah es mit Spott und unter Anwendung fauler Witze. Daß es dieser Herrenbauer, trotz all seiner Studiertheit, nicht lange treiben werde mit seinen neumodischen Ideen, wenn er nicht ein steinreicher Mann sei, darüber schienen alle einig zu sein. Johannes machte im Anfang auch einige Mißgriffe, welche aus der ungenügenden Kenntnis der örtlichen Verhältnisse hervorgingen. Das war dann Wasser auf die Mühle der Spötter, und es hieß dann gleich allgemein, da sehe man es, wie weit man komme mit solch gelehrten Firlefanzereien.

Zuerst kümmerte sich Johannes gar nicht um das, was man im Dorfe über ihn dachte oder redete; er lebte nur für sich und tat, als ob niemand weiter für ihn existiere. Bald aber mußte er einsehen, daß er da einen falschen Weg eingeschlagen habe, auf dem man nur sehr mühsam und auf großen Umwegen ans Ziel gelangen könne. Er sah sich bald vor Aufgaben gestellt, die allein zu erfüllen ihm nicht möglich war. Auch merkte er gar bald heraus, wie schädigend eine schlechte Gemeindeverwaltung in den einzelnen Landwirtschaftsbetrieb hineingreifen könne, und zur rechten Zeit erinnerte er sich daran, daß sein Vater ihn einst gelehrt habe, nicht nur an sich selbst zu denken, und auf den eigenen Vorteil bedacht zu sein, sondern auch das Allgemeine im Auge zu haben, und zu arbeiten an der Hebung des gesamten Bauernstandes.

Er schämte sich jetzt, daß er in seinem Stolze sich hoch erhaben geglaubt habe über seine Nachbarn, die doch auch seinesgleichen waren, und die gewiß auch zum Fortschritt zu bekehren seien, wenn man nur den richtigen Weg einschlage. Er dachte daran, was sich alles erreichen ließe bei solch günstigen klimatischen Boden- und Absatzverhältnissen, wie sie Haldenburg aufwies, und es schien ihm jetzt unerklärlich, wie er nur einen Augenblick hatte von seiner Pflicht abweichen können. Freilich durfte er sich nicht verhehlen, daß es unsägliche Mühe kosten werde, gegen den tiefeingewurzelten Schlendrian, der sich seit altersher in Haldenburg breitmachte, anzukämpfen und einem gesunden Fortschritt zum Siege zu verhelfen. Am meisten würden sich wohl die Reichen und die Dorfmagnaten dagegen wehren, und weil die Aermeren von den Wohlhabenden mit der Zeit stark abhängig geworden seien, so werde er auch bei diesen einen schweren Stand haben. Der Nutzen aber, der für ihn und das ganze Dorf aus einem Umschwung zum Besseren resultieren müßte, dünkte ihm eines Kampfes wohl wert, und so beschloß er denn, das große Werk zu beginnen.

Ueberstürzen durfte man die Sache nicht, wenn man ans Ziel gelangen wollte, das merkte Johannes gleich. Er tat deshalb einstweilen auch nichts weiter, als daß er sich hie und da mit dem einen oder dem andern seiner Nachbarn in ein Gespräch über allgemeine landwirtschaftliche Zustände einließ. Dabei vermied er es ernstlich, sich als Besserwisser aufzuspielen oder die Verhältnisse und Maßnahmen anderer zu kritisieren. Hauptsächlich aber gedachte er, das gute Beispiel wirken zu lassen und durch die eigenen Erfolge den Neid der andern zu erwecken, sie so zur Nachahmung zu veranlassen und also gleichsam aus einem Laster eine Tugend zu machen.

Gar bald zeigte es sich auch, wie richtig diese Voraussetzung gewesen war. Hatten die Haldenburger Bauern z. B. nur spöttisch zugesehen, als Johannes Kunstdünger auf einer Wiese ausstreute, so standen sie nachher, als der Erfolg sich zeigte, um so verblüffter an derselben Wiese, und meinten, die Sache sei doch nicht ganz so dumm. Keiner hätte sich aber herbeigelassen, bei Johannes anzufragen, wie es sich eigentlich mit dem Kunstdünger verhalte, ob es verschiedene Qualitäten gebe, wie er am besten angewendet werde u. s. w. Wohl aber probierte es einer auf eigene Faust; er wußte sich die Adresse eines Händlers zu verschaffen, verlangte von demselben einfach Kunstdünger, ohne nähere Bezeichnung der Qualität, und erhielt so eine ganz unpassende Marke, und dazu noch geringwertige Ware. Der Kaufmann mochte denken: Für einen Haldenburger sei es gut genug, die verständen es doch nicht besser. Der Bauer, der diesen Versuch machte, hatte den gleichen Erfolg erhofft, den Johannes mit seinem Kunstdünger erzielte, sah sich aber bitter enttäuscht, und schwur hoch und teuer, nie mehr etwas von diesem neumodischen Hokuspokus wissen zu wollen.

Unserm Johannes war die so klug eingeleitete Düngerprobe nicht verborgen geblieben, und er beschloß, dieselbe für seine Zwecke auszunützen. Als er deshalb einmal mit dem betreffenden Bauer im Wirtshaus

zusammentraf, fragte er ihn möglichst unbefangen, was er
für einen Erfolg erzielt habe mit dem angewendeten
Kunstdünger. Der Mann, der glauben mochte, Johannes
wolle ihn foppen, geriet in Zorn und warf ihm vor, daß er
jedenfalls darauf spekuliert habe, daß man ihm seine
Narrheiten nachmache und Spott und Schaden davontrage;
leider sei einer so dumm gewesen, auf den Leim zu gehen,
aber er brauche keine Sorge zu haben, daß es zum zweiten
Male geschehe. Ruhig ließ Johannes die Vorwürfe über sich
ergehen, suchte dieselben aber zu entkräften durch eine
einfache, klare Belehrung über das Wesen, den Ankauf, die
Anwendung und die Wirkung der Handelsdünger. Er
schloß damit, daß er gerne von Anfang an bereit gewesen
wäre, jedem, der sich um die Sache interessiert hätte,
genauen Aufschluß zu geben; niemand aber habe eine Frage
an ihn gestellt. »Es tut mir leid,« sagte er zu dem
betreffenden Bauer, »daß Sie durch Ihre Unkenntnis der
Sache zu Schaden gekommen sind. Ein noch größerer
Schaden entsteht aber dadurch, daß jetzt ganz Haldenburg
den Kunstdünger für Schwindel hält, trotz den augenfällig
günstigen Resultaten, die ich mit demselben erzielte. So liegt
aber die Gefahr nahe, daß bei uns ein sehr wichtiges
Hilfsmittel zur Steigerung der Bodenerträge geraume Zeit
nicht zur Anwendung kommen wird. Diese Gefahr muß
abgewendet werden, und dazu ist es notwendig, daß Sie
eine zweite Probe machen. Ich begreife zwar, daß Sie nicht
noch einmal Geld für einen solchen Versuch auswerfen
wollen; aber ich werde Ihnen die Sache erleichtern, und
Ihnen ein Quantum geeigneten Kunstdüngers zur
Verfügung stellen, den Sie dann unter meiner Anleitung
anwenden. Damit hoffe ich, nicht nur das untergrabene
Ansehen des Kunstdüngers wieder herzustellen, sondern
auch eine günstigere Gesinnung gegen mich bei Ihnen zu
erwecken.«

Diese Ausführungen hatten nicht nur den vorher so aufgebrachten Kunstdüngerfeind wieder besänftigt, sondern auch auf die andern im Wirtshause anwesenden Bauern einen guten Eindruck gemacht. Johannes beschloß, diese günstige Stimmung auszunützen, begann von allerlei Verbesserungen zu reden, die in Haldenburg durchgeführt werden könnten und führte an, wie wichtig es wäre, daß solche Sachen unter den Bauern besprochen und erörtert würden. Gerade die Angelegenheit mit dem Kunstdünger habe gezeigt, wie oft man nur zu geneigt sei, eine sehr wichtige Neuerung einfach als Schwindel zu erklären, bloß deswegen, weil man nichts davon verstehe. Eine einfache Aufklärung aber könne oft die Sache verständlich machen und die Zweifel zerstreuen. Er erzählte, wie segensreich gerade in dieser Hinsicht die landwirtschaftlichen Lokalvereine zu wirken imstande seien, hinzufügend, für wie nützlich er es halten würde, wenn auch in Haldenburg ein solcher Verein ins Leben gerufen würde. Alle Anwesenden nahmen diesen Vorschlag begeistert auf und baten Johannes, die Angelegenheit vorzubereiten und eine Versammlung einzuberufen zur Gründung eines Bauernvereins.

Eine solche Zusammenkunft wurde denn auch in den nächsten Tagen einberufen und Wachter, der sich von dem am Sonntag errungenen Erfolg blenden ließ, setzte große Hoffnungen auf diese Versammlung. Er hatte einen Statutenentwurf ausgearbeitet und gedachte eine zündende Rede zu halten, um, wie er meinte, das Eisen zu schmieden so lange es warm sei. Groß war daher seine Enttäuschung, als nur sechs Mann erschienen. Die »Großen« des Dorfes hatten von der Sache gehört und befürchteten, daß Johannes zu viel Einfluß erhalten könnte, wenn der Verein zustande käme. Es gelang ihnen noch rechtzeitig, die Sache zu vereiteln und dem »Fremden« ein Schnippchen zu schlagen.

Jeder andere hätte nun auf eine solche Niederlage hin den Mut sinken lassen, nicht so unser Johannes. Nachdem es ihm gelungen war, den Aerger zu unterdrücken, kehrte die gewohnte Energie wieder und er sprach zu den sechs anwesenden Männern, daß unter solchen Verhältnissen natürlich von der Gründung eines Vereins vorläufig keine Rede sein könne, daß aber auch ohne einen solchen ein halbes Dutzend Bauern mehr ausrichten können, als ein einzelner, wenn es ihnen nur nicht an gutem Willen fehle. Daß sie aber trotz aller Machinationen anders gesinnter hiehergekommen seien, halte er für den besten Beweis, daß es ihnen mit ihrem Streben nach Fortschritt auch wirklich ernst sei. Der herannahende Winter mit den langen Abenden biete Gelegenheit genug, zu überlegen und zu beraten, wie sie sich gegenseitig am besten in ihren Bestrebungen unterstützen können. Gelinge es ihnen, Vorteile zu erringen, so sei es sicher, daß sie bald Anhang erhalten werden, und daß in kurzem, trotz aller Anfeindungen, der Verein doch zustande kommen werde. Er lade sie ein, jede Woche an einem bestimmten Tag zu ihm auf den Lindenbühl zu kommen, um zu beraten, was getan werden könne, um eine Besserung sowohl ihrer eigenen, als auch der allgemeinen Haldenburger Verhältnisse anzubahnen. Das wurde beschlossen und zuversichtlich ging man nach Hause.

Johannes hatte in seinen neuen Anhängern Leute gefunden, die von ernstlichem Streben beseelt waren. Es waren durchwegs kleinere Bauern, aber vollständig unabhängig, so daß sie es nicht nötig hatten, sich am Gängelbande der Großen führen zu lassen. Sie erkannten gar bald, daß Wachter ein Mann sei, dem man vertrauen könne und der es gut mit ihnen meine. Die Diskussionsabende auf dem Lindenbühl wurden fleißig besucht und es begann ein ruhiges, aber zielbewußtes Arbeiten, dessen Früchte nicht ausblieben.

Die Hauptaufgabe des kleinen Klubs mußte vorerst darin bestehen, in ihren eigenen Betrieben Verbesserungen durchzuführen. An große öffentliche Fragen durften sie ja nicht herantreten. Mit kluger Berechnung blieben sie überhaupt allen großen Projekten fern. Sie sagten sich, daß sie nicht zu viel wollen dürfen; denn Mißerfolge könnten auch sie entmutigen und dann wäre alles verloren. Johannes belehrte bei den Zusammenkünften die Leute, wie sie durch eine rationelle Düngerwirtschaft ihre Güter ertragreicher machen können, wie sie auch mit dem kleinsten haushalten sollen und wie sie selbst noch aus allen Abfallstoffen, die sie bis jetzt nicht zu beachten gewohnt waren, noch Nutzen zu ziehen vermögen. Er zeigte ihnen, wie sie durch richtige Zeiteinteilung und strenge Ordnung in allen Dingen den Betrieb vereinfachen und müheloser gestalten können. Durch gemeinsamen Bezug von Kunstdünger, Sämereien, Futtermitteln u. s. w. verringerten sie ihre Auslagen, schützten sich vor Betrug und sicherten sich bessere Qualitäten. Zufällig hatte man gerade ein sehr gesegnetes Obstjahr, da legten sie die auf rationelle Art geernteten und sortierten Früchte zu gemeinschaftlichem Verkauf zusammen und erzielten, dank der guten Verbindungen, die Johannes hatte, viel höhere Preise, als die andern Bauern. Auf diese Weise ist es erklärlich, daß jeder schon im ersten Jahr einen großen Nutzen aus der zwanglosen Vereinigung davontrug. Das merkten jetzt natürlich auch die andern Bauern und manchen reute es, daß er an jenem Abend der Versammlung ferngeblieben war.

Wachter mußte sich sagen, daß er sehr viel erreicht habe, vielleicht sogar mehr, als wenn vor einem Jahr der Verein wirklich zustande gekommen wäre; denn »viel' Köpf', viel' Sinn'«. Bei einem größeren Verein hätte es gewiß auch solche gegeben, die der Sache zum mindesten nicht förderlich gewesen wären, oder gar als Radschuh am Fortschrittswagen figuriert hätten.

Es darf nun hier nicht verschwiegen werden, daß unterdessen auch Frau Marie nicht untätig geblieben war. Als treue Bundesgenossin ihres Mannes hatte sie seine Bestrebungen zu den ihrigen gemacht, und hatte jener bei den Männern Erfolge aufzuweisen gehabt, so konnte sie sich rühmen, dasselbe bei den Frauen erreicht zu haben.

War der Lindenbühl für die sechs Männer der Versammlungsort und der Mittelpunkt ihres Wirkens geworden, so ist es fast selbstverständlich, daß auch ihre Frauen hie und da dort verkehrten. Auch sie wollten etwas lernen, und Marie erteilte gerne Rat, wo sie konnte. Bald hatte sie Fragen zu beantworten die Küche betreffend, bald bildete die Milchwirtschaft den Mittelpunkt der Besprechung, oder es kam das Kapitel Hühnerzucht zur Erörterung, und als der Frühling herankam, trat die Gartenwirtschaft in den Vordergrund. Auf allen diesen Gebieten war ja Frau Wachter vollständig zu Hause und in aller Bescheidenheit erteilte sie Auskunft, ohne mit ihren Kenntnissen zu prahlen.

Bald genug wußte man im Dorfe auch noch von einer andern Tätigkeit Mariens zu erzählen, die sich ganz im stillen abspielte. Ihr gutes Herz und ihr Wohltätigkeitssinn trieben sie, die Not und das Elend zu mindern, wo sie es antraf. Hier sah man sie mit wohlgefüllter Schürze in die Hütte einer armen Wöchnerin eintreten, dort stand sie am Bette eines Schwerkranken, tröstend und helfend, wo sie konnte. Der Arzt und der Pfarrer wußten ihre Dienste und aufopfernde Mitarbeit dankbar zu schätzen, und manche genesende Person segnete das stille Walten, das vom Lindenbühl ausging. Lange bevor Johannes mit seinen

Fortschrittsideen bei den Männern durchgedrungen war, zollte man seiner Frau allgemeine Achtung und Verehrung.

Hie und da kam Vater Wachter auf Besuch, um zu sehen, wie sein Sohn wirtschafte, und er konnte sich nicht genug wundern, was Johannes in den wenigen Jahren aus dem vernachlässigten Gute gemacht hatte. Er mußte bekennen, daß sein Sohn sein Wort gehalten und ein rechter Bauer geworden sei. Die sorgfältig geführten Bücher ergaben aber auch, daß die Rendite mit dem äußeren Ansehen des Hofes im Einklang stand. Mit Stolz erfüllte es ihn, als er hörte, wie, von seinem Sohne ausgehend, eine Hebung der allgemeinen landwirtschaftlichen Zustände in Haldenburg angestrebt wurde, und er prophezeite Johannes gerade in dieser Hinsicht noch einen besondern Erfolg. Er meinte, so hartgesottene Anhänger des Althergebrachten können diese Bauern doch nicht sein, daß sie nicht merken sollten, daß diese wohlgepflegten Wiesen nicht mehr und besseres Futter liefern, als die schlechten daneben; daß diese glatthaarigen, wohlgeformten und gutgenährten Kühe nicht leistungsfähiger seien und auf dem Markte einen größeren Wert repräsentieren, als andere mit allen möglichen Fehlern behaftete, und daß diese kraftstrotzenden, sauber in Ordnung gehaltenen Obstbäume nicht einen weit größeren Nutzen abzuwerfen imstande seien, als jene Serblinge, die über und über mit Schmarotzern bedeckt seien. Wenn sie es aber sehen, so müsse der erste Schritt der sein, daß sie es auch so haben wollen.

Wie recht der alte Wachter mit seiner Voraussage hatte, zeigte sich in der Tat immer mehr. Die Sticheleien, denen Johannes und seine sechs Anhänger im Anfang ausgesetzt waren, hörten nach und nach auf. Man gewöhnte sich daran, sie ihren eigenen Weg gehen zu sehen, und ließ sie gewähren. Als dann aber so nach und nach die Erfolge ihres veränderten Vorgehens sich bemerkbar machten, wurde mancher stutzig und fing an zu fragen, was die Ursache dieser oder jener Erscheinung sei. Bereitwilligst wurde natürlich immer Auskunft gegeben, und gewöhnlich tat man bei solchen Erörterungen auch des Lindenbühls Erwähnung, als Ausgangspunkt der verschiedenen Anregungen und Belehrungen. So begannen denn die Haldenburger Bauern doch einzusehen, daß man die Ansichten Johannes' etwas mehr beachten müsse; denn es seien eben unzweideutige Beweise vorhanden, daß er mit seiner Methode zu ganz andern Resultaten gelange, als sie mit ihrem alten System. Verfehlt wäre es jedoch, zu glauben, daß diese guten Leute jetzt ihren Irrtum und ihr Unrecht offen bekannt hätten. Nein, nur zu hinterst in ihrem Gewissen begann das Gefühl, nicht ganz im Recht zu sein, langsam aufzutauchen. Aber noch ein anderes Gefühl machte sich geltend, und das war der Neid. Diese beiden Regungen hielten sich eine Zeitlang die Wage und ließen einander nicht vorwärts kommen. Zuletzt zeigte sich aber doch der Neid als stärker, und namentlich als man sah, daß Johannes nicht zürnte, sondern gerne jedem Bescheid gab, der sich an ihn wandte, wollte jeder so viel als möglich von seinen Kenntnissen profitieren.

Manche der vielen wichtigen Fragen, die da zu erörtern waren, ließen sich indessen nicht nur so im Vorbeigehen behandeln, und man sah ein, daß da größere Zusammenkünfte nötig wären. Immer häufiger sprach man deshalb wieder von dem Projekt einer landwirtschaftlichen Vereinigung und bedauerte lebhaft, daß man das vorige Jahr der Sache so feindselig begegnet sei. Indessen ließe sich vielleicht auf die Angelegenheit zurückkommen. Und als sich einmal eine günstige Gelegenheit bot, frug einer den Johannes, wie es eigentlich mit der Gründung eines landwirtschaftlichen Vereins stehe, ob er nicht glaube, daß man noch einmal einen Versuch wagen sollte, das

Entgegenkommen werde jetzt gewiß ein besseres sein, als das erste Mal.

Johannes wollte aber zuerst nichts mehr davon wissen, er sagte: »Ich habe an einer Niederlage gerade genug und bin nicht nach Haldenburg gekommen, um mich öffentlich zum Narren halten zu lassen. Ich hatte lediglich Euer Wohl im Auge, als ich vor einem Jahr die erste Versammlung einberief. Statt dieses anzuerkennen, hat man mich sogar noch schlechter Absichten geziehen, und nun soll ich mich dieser Gefahr von neuem aussetzen?«

Erst als man von allen Seiten in ihn drang und selbst seine Freunde ihn eines befriedigenden Erfolges versicherten, beschloß er endlich, nochmals die Zusammenberufung einer Versammlung zu wagen, hatte dann aber auch die Freude, die Sache vollständig gelingen zu sehen. Der Besuch war nicht nur ein sehr großer, sondern viele der anwesenden Bauern erklärten sich auch gleich bereit, dem Verein beizutreten.

Johannes, der nun schon aus Erfahrung wußte, daß man so einen aufflammenden Eifer möglichst gut auszunützen suchen müsse, legte der Versammlung einen Statutenentwurf vor, und als die verschiedenen Paragraphen durchberaten und angenommen waren, wurde zur Wahl des Vorstandes geschritten, wobei natürlich Johannes als Präsident hervorging. So wurde in einer Sitzung in Haldenburg ein landwirtschaftlicher Verein gegründet, der über 30 Mitglieder zählte. Selbst einige der Dorfmagnaten waren dem Verein beigetreten. Sie mochten darauf rechnen, auch hier eine Rolle spielen zu können.

Nun ging es in Haldenburg rasch vorwärts mit dem Fortschritt in der Landwirtschaft. Ein Cyklus von Vorträgen über die verschiedensten Gebiete der Landwirtschaft, sowie einige Kurse sollten den Bauern Gelegenheit geben, sich grundlegende Kenntnisse zu verschaffen, mittelst denen es ihnen möglich sein sollte, aus ihren Betrieben einen größeren Nutzen zu ziehen.

Die Mitglieder des Vereins suchten nicht nur aus Büchern und Zeitschriften zu erfahren, wie man anderwärts vorgehe, oder diese oder jene Neuerung sich zunutze mache, sondern sie tauschten auch ihre eigenen Beobachtungen und Erfahrungen gegenseitig aus, was von großem Nutzen war; denn unter den verschiedenen Verhältnissen, namentlich in Bezug auf Boden und Klima, verändern sich ja bekanntlich die Resultate der landwirtschaftlichen Tätigkeit oft um ein beträchtliches, so daß die Beobachtungen, die an Ort und Stelle selbst gemacht werden, immer die beachtenswertesten sind.

Der gemeinschaftliche Bezug von Dünger, Samen und andern landwirtschaftlichen Bedarfsartikeln hatte sich schon vorher bewährt. Es wurde deshalb diese Institution in die Vereinstätigkeit aufgenommen und stetig erweitert. So wurde der genossenschaftliche Sinn bei den Haldenburgern trefflich genährt, bald wurde eine Viehzuchtgenossenschaft gegründet und die Sennerei, die schon früher genossenschaftlich betrieben wurde, besser eingerichtet und nach den Anforderungen der Neuzeit umgestaltet.

Allen diesen Maßnahmen war es zu verdanken, daß nicht nur die Erträge beträchtlich erhöht, sondern auch die Produkte bedeutend verbessert wurden, so daß sie an Ansehen gewannen und marktfähiger wurden. Während man früher von Haldenburg nie etwas gutes erwartete und daher der Absatz ein äußerst schlechter war, stellten sich jetzt Käufer ein, welche gute Ware suchten und auch dementsprechend bezahlten. So sah man sich jetzt auch für seine Mühe entschädigt und arbeitete mit viel größerer Lust. Der Aufschwung bedeutete also direkten und indirekten Nutzen.

Freilich wäre es ein Irrtum, zu glauben, daß sich die günstige Veränderung, welche so viel Gutes mit sich brachte, so glatt vollzog, wie sie eben geschildert wurde. Da galt es anzukämpfen gegen eine ganze Menge von Vorurteilen und Scheingründen. Die Gutgesinnten bildeten noch lange die Minderheit. Viele wollten sich durchaus vom Alten nicht losmachen, obwohl eigentlich mancher keinen andern Grund dafür angeben konnte, als seine Engherzigkeit, seinen Hochmut und die Lust am Streiten.

Die größten Schwierigkeiten traten ein, als der landwirtschaftliche Verein es als seine Aufgabe erkannte, sich auch mit Angelegenheiten zu befassen, welche die Gemeinde angingen, wie z. B. Weganlagen, Alpverbesserungen, eine neue Waldordnung u. s. w. Alles dies waren Projekte, die nicht mehr länger aufgeschoben werden durften, wollte man nicht auf halbem Wege stehen bleiben.

Johannes sah zwar voraus, daß enorme Schwierigkeiten zu überwinden seien, bis man in dieser Beziehung ans Ziel gelange, aber jetzt, da er nicht mehr allein dastand im Kampfe, schreckten ihn die Hindernisse nicht.

Mit wohlberechneter Klugheit trat er nie für etwas ein, das er nicht vorher wohlerwogen und ausgedacht hatte. Bevor er einer Verbesserung das Wort redete, berechnete er immer die Opfer, die dafür zu bringen seien und den Nutzen, den man nach der Ausführung erwarten durfte. So konnte er der Opposition mit ziffernmäßigen Belegen gegenübertreten, und dieser Umstand half manchmal allein schon der Sache zum Durchbruch.

Als einige kleinere Projekte dieser Art wirklich zur Ausführung gelangten und man allgemein das Gute anerkennen mußte, gewann Johannes immer mehr Achtung und Ansehen, und er wurde sogar in den Gemeinderat gewählt.

Dieses Ereignis war ein schwerer Schlag für den Bürgerzopf; denn so etwas war noch nie erhört worden in Haldenburg, und manches alte Bäuerlein, das sich nicht mehr in die neue Zeit hineinfinden konnte, meinte, die Vorfahren würden sich noch im Grabe umdrehen, wenn sie wüßten, wie man ihre heiligsten Ueberlieferungen mißachte.

Von jetzt an ging es rasch vorwärts im neuen Kurs. Der

Stein war nun einmal ins Rollen gekommen und niemand vermochte ihn aufzuhalten. Die notwendigsten der geplanten Verbesserungen wurden nacheinander durchgeführt, andere, weniger dringende, wurden einstweilen noch zurückgelegt, da man bei den mißlichen Verhältnissen, in welche die Gemeinde durch die fortwährend schlechte Verwaltung nach und nach gekommen war, nicht zu viel auf einmal wagen durfte.

Der allgemeine Aufschwung hatte eine bedeutende Verkehrssteigerung zur Folge, welche sich hauptsächlich durch vermehrte Ab- und Zufuhr geltend machte. Auch hatte man durch Entwässerung eines großen Sumpfgebietes in der Ebene drunten mehr Kulturland gewonnen, dessen Erträge ins Dorf heraufgeführt werden mußten. So war es zur dringlichen Notwendigkeit geworden, einen bequemeren Zufahrtsweg zu schaffen. Es gehörte denn bald auch der berüchtigte »Haldenburgerstutz« der Vergangenheit an. An einer Biegung der neuen Straße wurde ein Felsblock aufgestellt, den man beim Bau derselben ausgegraben hatte, und darauf ist der Spruch eingemeißelt:

> »Rastlos vorwärts mußt du streben,
> Nie ermüdet stille steh'n,
> Willst du die Vollendung seh'n.«

Dieses sollte der Wahrspruch werden für die Weiterentwicklung Haldenburgs, und wer heute dorthin kommt, der muß bekennen, daß das rastlose, unermüdliche Vorwärtsstreben auch zu einem schönen Erfolge geführt hat; denn Haldenburg kann mit seinen geordneten Verhältnissen, unter denen Landwirtschaft und Gewerbe blühen, den umliegenden Gemeinden als Muster dienen. Die Geschichte seines Aufschwungs aber beweist, wie wichtig es für ein Gemeinwesen ist, wenn Männer in ihm wirken, denen das öffentliche Wohl am Herzen liegt, und die mit Energie und Tatkraft in umsichtiger Weise für dasselbe einstehen, wo immer es notwendig ist.

Unsere Bauern aber mögen aus vorstehender Schilderung die Lehre ziehen, wie notwendig es ist, daß bei der Ausbildung junger Landwirte nichts versäumt wird. Echte und rechte Bauern sind notwendig, Männer, die imstande sind, mit Energie und Intelligenz den althergebrachten Ideen und Ansichten die Stirne zu bieten und einzutreten für einen gesunden Fortschritt, durch welchen die Hebung der Landwirtschaft sich vollziehen soll.

In der Voraussetzung also, daß Johannes Wachter nicht nur allein für Haldenburg so nutzbringend gewirkt habe, sondern auch vielen andern seiner Berufsgenossen als leuchtendes Beispiel diene, nehmen wir von ihm und dem Lindenbühl Abschied.

Hinweise zur Transkription

Das Originalbuch ist, abgesehen von der Titelseite, in Frakturschrift gedruckt.

Im Rahmen der Transkription wurde die Stellung der Satzzeichen bei wörtlicher Rede (jedoch nicht bei Zitaten) in ",«" und ".«" vereinheitlicht.

Der Text des Originalbuches wurde grundsätzlich beibehalten, mit folgenden Ausnahmen,

Seite 3:
"Schäferhüte" geändert in "Schäferhütte"
(am wärmenden Feuer in einer kleinen Schäferhütte)

Seite 8:
"bekommrn" geändert in "bekommen"
(zu glauben, wir bekommen keinen Platz)

Seite 22:
Komma verschoben von "Bauern," nach "vor,"
(schwebte mir als das Ideal eines Bauern vor, und weil ich)

Seite 24:
"Verarbeituug" geändert in "Verarbeitung"
(durch bessere Verarbeitung der Milch)

Seite 32:

"," eingefügt
(freundliche Behausungen entstanden sind, ein neues
Schulhaus)

Seite 39:
"Fuhrmaann" geändert in "Fuhrmann"
(die zwei vom Fuhrmann genannten neuen
Wirtschaften)

Seite 39:
"Kegelspliel" geändert in "Kegelspiel"
(lustige Gesellschaft sich mit Kegelspiel die Zeit
vertreibt)

Seite 39:
"und und" geändert in "und"
(die wichtigste Feldfrucht ausmachen und jetzt gerade
die Zeit)

Seite 44:
"Gespäche" geändert in "Gespräche"
(Bei Gelegenheit solcher Gespräche hielt dann auch
Elise)

Seite 44:
"Gegestand" geändert in "Gegenstand"
(über diesen Gegenstand zu reden kam)

Seite 54:
"Grünfutrer" geändert in "Grünfutter"
(Grünfutter ist gut fürs liebe Vieh)

Seite 56:
"Nachberinnen" geändert in "Nachbarinnen"
(da dachten sogar einige der Nachbarinnen, daß so
ein)

Seite 57:

"Blumenstraße" geändert in "Blumenstrauße"
(noch mit einem hübschen Blumenstrauße beschenkt
hatte)

Seite 61:
"verkockenden" geändert in "verlockenden"
(keine sehr verlockenden Preise in Aussicht gestellt)

Seite 62:
"nnd" geändert in "und"
(für den eigenen Haushalt zu pflanzen und mit ihren
Blumen)

Seite 62:
"Einnahmsqunelle" geändert in "Einnahmsquelle"
(zu einer ergiebigen Einnahmsquelle zu gestalten)

Seite 77:
"Flnr" geändert in "Flur"
(einen Spaziergang durch Wald und Flur machten)

Seite 90:
"kömmerte" geändert in "kümmerte"
(nicht gerade luxuriös aussah, kümmerte ihn nicht so
viel)

Seite 92:
"." eingefügt
(anderer zu kritisieren. Hauptsächlich aber gedachte
er)

Seite 99:
"Gfühl" geändert in "Gefühl"
(noch ein anderes Gefühl machte sich geltend)

―――

www.ingramcontent.com/pod-product-compliance
Lightning Source LLC
Chambersburg PA
CBHW032015010726
47493CB00007B/2418